Zum Roman:

Endlich können Samantha und Michael das Leben mit ihren beiden Söhnen genießen und alles scheint perfekt.
Unterdessen bahnt sich auf Cardington Manor eine zarte Romanze an. Doch wird es den beiden Turteltauben gelingen, ihren persönlichen Hintergrund zu überwinden?
Und auch Samanthas Vergangenheit scheint auf einmal nicht mehr so unbefleckt zu sein, wie es den Anschein hatte:
Was will dieser Mann noch immer von ihr?
Da taucht plötzlich eine fremde Frau auf. Es ist Franks leibliche Mutter, die ihren Sohn wieder zu sich nehmen möchte.
Das Unheil nimmt seinen Lauf.

Die Autorin:

Schon ihr ganzes Leben lang wusste Sybille Kolar, dass sie eines Tages schreiben würde. In ihrer Jugend waren es Liebesgedichte, später eine Kurzgeschichte, mit der sie sich an einem Autorenwettbewerb beteiligte. Ihr Beitrag war unter den Gewinnern und sie wagte sich an ihren ersten Roman heran.
Warum Liebesromane? Sie bezeichnet sie eher als Lebensromane. Es ist das gewöhnliche Leben mit all seinen Beziehungen, Höhen und Tiefen, Liebe und Verrat, Glück und Tod, das sie so ungemein spannend findet. Sind es nicht genau diese zwischenmenschlichen Themen, die auch jeden von uns am meisten beschäftigen?
Sybille Kolar ist verheiratet und Mutter von drei erwachsenen Kindern. Sie lebt mit ihrem Mann und ihren beiden Hunden in der Nähe von München.

sybillekolar.com
facebook.com/SybilleKolar.Autorin
Twitter: @SybilleKolar

Sybille Kolar

CARDINGTON MANOR

Schatten der Vergangenheit

Roman

Band 3 der CARDINGTON-MANOR-Reihe

Bibliografische Information der Deutschen Nationalbibliothek: Die Deutsche Nationalbibliothek verzeichnet diese Publikation in der Deutschen Nationalbibliografie; detaillierte bibliografische Daten sind im Internet über http://dnb.dnb.de abrufbar.

Sämtliche Rechte sind vorbehalten, insbesondere das Recht der mechanischen, elektronischen und fotografischen Vervielfältigung, der Einspeicherung und Verarbeitung in elektronischen Systemen, des Nachdrucks in Zeitungen und Zeitschriften, des öffentlichen Vortrags, der Verfilmung und Dramatisierung, der Übertragung durch Rundfunk und Fernsehen oder Video, auch einzelner Text- und Bildteile sowie der Übersetzung in andere Sprachen. Die Handlungen und Personen dieses Romans sind erfunden. Ähnlichkeiten mit lebenden oder toten Personen sind rein zufällig und nicht beabsichtigt.

© 2016 Sybille Kolar
Lektorat/Korrektorat: Jil Aimée Bayer
Coverdesign: Carolin Liepins
Foto: Cornelius Carstens

Herstellung und Verlag:
BoD – Books on Demand, Norderstedt
ISBN: 978-3-7412-4215-1

Für Richard.

1

Das kleine Mädchen war tot. Daran bestand kein Zweifel. Und es war unter ihrer Obhut gestorben.

Samantha legte den leblosen Körper in eine Wanne und füllte Wasser hinein, als wäre das in so einem Fall das Normalste der Welt. Ja, als könnte sie diese Tragödie dadurch irgendwie ungeschehen machen.

Wenigstens war der Beweis ihres Versagens auf diese Weise aus ihrem Blickfeld verschwunden.

Die ahnungslosen Eltern des Kindes näherten sich dem Haus. Gleich würden sie vor ihr stehen und ihre Tochter abholen wollen. Und es war nun an ihr, diesen Leuten beizubringen, wie das hatte passieren können.

Dabei wusste sie es selbst nicht.

Was sollte sie nur sagen? Sie war verzweifelt.

Das Ehepaar kam lächelnd herein. Nach der Begrüßung begann Samantha in größter Ausführlichkeit nur immer wieder alle möglichen Ereignisse aufzuzählen, die zu dem schrecklichen Moment geführt hatten. Zu dem Moment, den sie selbst noch nicht einmal auszusprechen wagte.

Die bedauernswerten Eltern waren inzwischen aufs Äußerste angespannt und forderten mit Nachdruck, endlich zu erfahren, was mit ihrem Kind geschehen war.

Samantha verstrickte sich in immer ausschweifendere Erklärungen. So, als würden diese armen Menschen die schlimmste aller Nachrichten dann besser verkraften. Vielleicht weil sie einfach einsehen mussten, dass es in der Abfolge der Geschehnisse gar nicht anders hatte passieren können.

Samantha erwachte mit einem Aufschrei und fand sich aufrecht sitzend in ihrem Bett wieder. Panisch rang sie nach Luft, als wäre sie gerade dem Schafott entkommen.

Das lange dunkelblonde Haar klebte in Strähnen an ihrer schweißtriefenden Brust.

Sie blickte sich verstört um, doch in der Schwärze der Nacht war nicht viel auszumachen.

Durch die Erschütterung, die ihre abrupten Bewegungen im Ehebett ausgelöst hatten, war Michael ebenfalls wach geworden. Er murmelte etwas Unverständliches, schlief jedoch kurz darauf wieder ein.

Erst als sie im Dämmerlicht des Raumes bewusst wahrnahm, dass ihr Mann neben ihr lag, erkannte sie, dass sie nur geträumt hatte.

Nur geträumt!

Sie bemühte sich, die Einzelheiten ihres Traums in die Erinnerung zurückzuholen. Bruchstückhafte Fragmente ließen in ihrem Kopf einen schrecklichen Film entstehen, der jedoch mehr aus Gefühlen als aus Bildern bestand.

Gott sei Dank! Das war nur ein Traum.

Die kühle Nachtluft ließ ihren Schweiß kalt verdunsten. Samantha merkte plötzlich, dass sie fror, und legte sich wieder hin. Sie wendete die nass geschwitzte Bettdecke und deckte sich zu.

An Schlaf war nun nicht mehr zu denken.

Sie starrte in der undurchdringlichen Dunkelheit vor sich hin. Mit der Zeit wurden immer mehr Einzelheiten des Zimmers sichtbar: das Sideboard an der gegenüberliegenden Wand. Das Gemälde, das darüber hing. Die Tür, die zum Korridor führte. Die andere Tür, die die einzelnen Wohnräume der Suite miteinander verband. Oben an der Decke tanzten die Schatten der Bäume vor den Fenstern, vom Mondlicht gekonnt in Szene gesetzt. Das war ein harmloses, fast heiteres Schauspiel. Gerade so, als wäre nichts Schlimmes passiert.

Dann drängte sich mit einem Mal die Wirklichkeit in ihr Bewusstsein und sie begriff, dass es besser gewesen wäre, sie hätte weitergeträumt.

Das Leben, es konnte grausamer sein als der schlimmste Albtraum.

In Samanthas Augen traten Tränen und in ihrem Hals bildete sich ein dicker Kloß aus Kummer. Beim Schlucken merkte sie erst, wie ausgetrocknet ihre Kehle war. Ein heftiger Hustenreiz begann sie zu quälen, aber sie räusperte sich nur verhalten, um keine lauten Geräusche zu machen.

Weil sie verhindern wollte, ihren Mann noch einmal aufzuwecken, stand sie rasch auf und ging nach nebenan ins Badezimmer.

Wenigstens Michael sollte schlafen. Oft genug lag auch er wach und wälzte sich die ganze Nacht unruhig im Bett herum.

Nachdem sie die Badezimmertür hinter sich geschlossen hatte, machte sie das Licht an und dimmte es auf eine erträgliche Helligkeit.

Wie ein Gespenst, bleich und unwirklich, blickte Samantha ihr Spiegelbild von der Wand aus entgegen. Ihre Augen, die sonst blaugrün strahlend ihr hübsches Gesicht dominierten, lagen nur matt und ausdruckslos in den Höhlen.

Am Waschbeckenrand befand sich noch das Röhrchen mit dem Schlafmittel, das sie am Abend davor eingenommen hatte.

Daneben stand ein Wasserglas. Dieses nahm sie und füllte es mit kaltem Wasser. Gierig trank sie es aus und wiederholte die Prozedur noch zweimal.

Noch immer geisterte ihr diese absurde Geschichte mit dem ihr anvertrauten und dabei zu Tode gekommenen Kind durch den Kopf.

Wie realistisch so ein Traum doch sein konnte! Kaum

zu unterscheiden vom wirklichen Leben!

Dieses Phänomen wunderte Samantha schon immer. Es dauerte manchmal noch Stunden, bis sie sich von den verstörenden Eindrücken dieser Dualwelt wieder erholt hatte.

»Aber ... aber« Sie sah erneut in den Spiegel, als traute sie ihren Augen nicht.

»Vielleicht habe ich ja die ganzen letzten Wochen nur geträumt!«, sagte sie vor sich hin.

Ihr fahles Gesicht erhellte sich und ihre Augen nahmen etwas Glanz an.

»Oder das, was ich für die letzten Wochen halte ...«, ergänzte sie mit einem selbstironischen Schnauben.

Mit einem lauten Geräusch stellte sie das Trinkglas am Waschbeckenrand ab.

»Ja! So muss es gewesen sein! Es war alles nur ein Traum! Ein fürchterlicher Albtraum!«

Sie verließ überstürzt das Badezimmer. Auf dem Korridor bewegte sie sich hastig in die Richtung des Kinderzimmers.

Leise öffnete sie die Tür und lauschte.

Ihre Sinne waren nun auf das Äußerste gespannt.

Reglos starrte sie in das Halbdunkel hinein. Ihre Augen tasteten die dem Eingang gegenüberliegende Seite des Raumes ab.

Bewegte sich da etwas?

War von dort ein Geräusch zu hören?

Oder war sie nur einmal wieder das Opfer ihrer verzweifelten Wunschvorstellungen geworden?

Dann brach sie weinend auf der Türschwelle zusammen.

»Bitte, lieber Gott, lass mich doch aufwachen aus diesem Albtraum! Jetzt sofort ...«

2

Zwei Wochen früher.

Die Hochzeitswiese auf Cardington Manor hatte ihren Namen den unzähligen Büschen und alten Bäumen zu verdanken, die diesen Ort zu jeder Zeit des Jahres malerisch umrahmten. Den ganzen Sommer über blühte es dort in zarten Pastelltönen, was diesem entlegenen Areal stets einen festlichen Anstrich verlieh.

Seit einigen Wochen war das Gebiet jedoch kaum wiederzuerkennen. Von einer besonderen Atmosphäre war dort nichts mehr zu spüren. Nicht einmal vom sonst so sattgrünen Gras war etwas zu sehen. Stattdessen gab es nun tief ausgehobene Gräben und Erdaufhäufungen zu besichtigen, die scheinbar wahllos angeordnet waren.

Kleinere Bagger und Planierraupen standen neben anderen Gerätschaften über die Gegend verteilt und hatten auch noch die letzte Spur von Romantik mit sich fortgenommen. Vielmehr verbreiteten sie jetzt den Anschein von Zerstörung.

Mit Metallstangen und signalfarbenen Bändern hatten Gärtner Bereiche abgesteckt, deren Bedeutung ein uneingeweihter Beobachter nur hätte erahnen können.

Ein vorüberfliegender Vogel dagegen würde die Gesetzmäßigkeit sofort bemerkt haben, die hinter dem seltsamen Treiben stand. Aus dieser erhabenen Perspektive betrachtet, ergaben die geheimnisvollen Absperrungen durchaus einen Sinn. Von dort aus konnte man nämlich erkennen, dass es sich um die systematische Anordnung geometrischer Flächen handelte.

Das war der zukünftige Rosengarten auf Cardington Manor. Zwischen diesen Beeten verliefen Bahnen mit gleichmäßiger Breite, die später einmal den Besuchern der Rosenausstellung als Spazierwege vorbehalten sein würden.

Die gesamte Anlage sollte einem perfekt symmetrischen Schlossgarten gleichen: ein geordnetes Labyrinth, in dem man sich gerne für eine Weile verirrte.

Michael hatte sich von Samanthas Idee begeistert anstecken lassen, auf Cardington Manor einen Prachtgarten anzulegen. Dieser sollte nun alljährlich Gartenfreunden und Rosenliebhabern im Rahmen einer Ausstellung zugänglich gemacht werden.

Samantha und Michael waren dafür extra gemeinsam nach Shropshire gefahren, um bei Englands berühmtestem und bestem Rosenzüchter Pflanzen einzukaufen. Sie hatten die Sorten ausgewählt, die für das etwas rauere Küstenklima in East Sussex geeignet waren.

Michael stand am Rande der scheinbaren Verwüstungen und beriet sich mit einigen Gärtnern, die erst vor Kurzem für diese neue Unternehmung angestellt worden waren.

Schon am nächsten Tag sollte ein Containerfahrzeug aus Albrighton die zukünftigen Attraktionen anliefern und er musste dafür noch letzte Anweisungen geben.

»Vor allem ist es wichtig, dass die Pflanzen morgen so schnell wie möglich in die Erde kommen. Das Verbleiben im Kühlwagen ist nur die Notlösung für den sicheren Transport und dafür unvermeidlich. Sorgen Sie also bitte dafür, dass sämtliche Beete für die Pflanzungen bis heute Abend vorbereitet sind. Morgen wird dann nur noch eingesetzt.«

Ganz in seiner Nähe spielte ein kleiner Junge mit seinem Hündchen, dessen rötliche Fellfarbe auffällig der

Haarfarbe seines Besitzers glich.

»Robin, hol das Stöckchen!«, rief Frank und warf einen winzigen Ast etwa einen Meter weit.

»Nein, nicht zerbeißen, nur bringen! Ja! So ist es fein!«

Diese Szene wiederholte sich einige Male und Michael konnte sich vor Rührung kaum auf sein Gespräch konzentrieren.

Er liebte diesen Jungen, seinen Sohn, den Samantha und er erst wenige Wochen zuvor adoptiert hatten. Und für ihn machte es keinen Unterschied, dass Frank nicht sein leibliches Kind war. Für Michael war es eine der besten Entscheidungen seines Lebens, die er je getroffen hatte. Und es freute ihn immer wieder ganz besonders, Frank so glücklich zu sehen. Endlich hatte dieser Junge das, was er sich seit Jahren gewünscht hatte: Eltern und damit eine richtige Familie.

Und einen kleinen Hund.

Sie waren vor ein paar Wochen zu einer Farm in der Nähe von Cardington Manor gefahren. Dort hatte eine Nova Scotia Toller – Hündin zwei Monate zuvor geworfen. Einer der winzigen roten Welpen war damals sofort auf Franks Schoß geklettert und hatte sich damit seinen neuen Herrn ausgesucht.

Für Frank war sofort klar gewesen, dass der Kleine nur *Robin* heißen konnte. Nach *Robin Hood*, der sein großes Vorbild war, weil er der Legende nach auch rotes Haar gehabt hatte.

Samantha, Franks neue Mutter, war inzwischen ebenfalls zur Hochzeitswiese gekommen. Sie küsste den Jungen zur Begrüßung auf den Hinterkopf, während Robin an einem Stück Schnur zerrte, das einer der Arbeiter verloren hatte.

»Na, wie war der erste Schultag, mein Großer?«

Frank drückte ihr einen scheuen Kuss auf die Wange.

»Ganz gut.«

»Und gibt es heute schon Hausaufgaben?«
»Nur ein bisschen.«
»Komm jetzt mit, mein Schatz! Wir essen gemeinsam mit deiner Oma Roberta. Sie wartet schon auf uns. Wo ist denn deine Schultasche? Die kannst du bei Colin in den Wagen legen. Dann musst du sie nicht tragen.«

Sie zwinkerte ihm zu und deutete auf den Kinderwagen, den sie einige Meter abseits abgestellt hatte.

»Aber bitte ganz vorsichtig! Nicht, dass er aufwacht! Ich bin nämlich froh, dass er endlich schläft.«

Frank gehorchte, indem er zu einer verwitterten Holzbank in der Nähe lief, auf die er nach der Schule seinen Ranzen geworfen hatte.

Er verstaute ihn behutsam im Drahtkorb, der zwischen den Kinderwagenreifen befestigt war, und flüsterte grinsend ins Wageninnere hinein: »Danke, Colin!«

Samantha hob inzwischen das zappelnde Hündchen hoch und schmiegte es an sich.

»Und du kommst jetzt wieder an die Leine, mein Kleiner.«

Zu Michael sagte sie: »Wir gehen schon einmal vor zum Essen. Kommst Du auch bald nach?«

»Sobald ich kann, Liebes. Aber fangt gerne schon einmal ohne mich an! Ich muss noch kurz oben im Büro die Post durchsehen. Aber dann komme ich. Versprochen!«

Sie wechselten einen liebevollen Blick und Samantha machte sich mit ihren beiden Söhnen und dem kleinen Hund auf den Weg zum Haupthaus.

3

Roberta wartete bereits in der Küche im Souterrain. Im Waisenhaus war an diesem Vormittag nicht viel zu tun gewesen. So war sie schon früher herübergekommen, um mit Rose, der Köchin auf Cardington Manor, ein wenig zu plaudern. Währenddessen ging sie ihr beim Zubereiten des Mittagessens zur Hand und deckte den Tisch.

»Da seid ihr ja!«, sagte sie, als Frank sich zur Begrüßung an sie schmiegte.

»Na, wie war's in der Schule, mein Schatz?«

»Ganz okay, aber jetzt habe ich großen Hunger!«, sagte Frank und bewegte sich schon mit dem Hund an der Leine in Richtung des Tisches.

»Halt, halt, halt, mein Freund!«, rief Roberta.

»Zuerst bringst du Robin in sein Körbchen und danach wäschst du dir erst einmal die Hände!«

»Aber dann ist Robin ja ganz allein! Bestimmt fürchtet er sich dann und ...«

»Aber nein«, sagte Samantha. »Robin ist jetzt bestimmt sehr müde und muss sich ausruhen. Er ist doch noch ein Baby und Babys müssen viel schlafen!«

»So wie Colin?«

»Ja, genau! Was meinst du, wie anstrengend das für so einen kleinen Hund ist, dass er jeden Tag so viele neue Dinge lernt. Fast alles, was er erlebt, ist für ihn doch neu.«

Das verstand Frank. Er führte Robin nach nebenan in den Wirtschaftsraum, wo ein kleines Hundekissen für ihn lag, daneben ein winziger Wassernapf.

Der Kleine legte sich sofort hin und rollte sich zu einem Fellknäuel zusammen.

»Ruh dich aus! Später spielen wir weiter«, sagte Frank und ging Hände waschen.

Als Michael die große Freitreppe herunterkam, schaukelte Samantha gerade den Kinderwagen.

Bei ihrer Ankunft hatte sie ihn in der Halle abgestellt, um ihr Baby nicht zu wecken. Als sie sich jedoch gerade mit Roberta und Frank an den Tisch hatte setzen wollen, fing – wie auf ein geheimes Zeichen hin – Colin an zu weinen.

»Unser Sohn hat wie immer ein gutes Timing«, flüsterte sie und lachte.

»Oje! Soll ich dich ablösen, Liebling?«

»Nein, nein, er fängt sich gerade wieder.«

Michael spähte kurz in den Wagen hinein.

»Du errätst nicht, was gerade in der Post war! Ein Brief mit einer Entschuldigung von Hazel McGregor an uns beide!«

»Was? Und das fällt ihr jetzt ein? Warum?«

»Keine Ahnung! Sie möchte diese Peinlichkeit wohl aus der Welt schaffen.«

»Na, die hat ja wirklich Nerven! Was mich betrifft, wird ihr das aber nicht gelingen. Das, was sie getan hat, tut man einfach nicht.«

»Ganz meine Meinung. Schlimm genug, wenn man sich in jemanden verliebt, der gebunden ist, und man nicht ganz unbeteiligt daran ist, wenn eine Beziehung gefährdet wird. Aber aus Rachegelüsten eine fremde Ehe zerstören zu wollen, das ist wirklich die unterste Schublade!«

Samantha schnaubte.

»Und was will sie jetzt? Was soll das Ganze?«

»Angeblich tut ihr jetzt alles so furchtbar leid und sie weiß gar nicht, was damals in sie gefahren ist. Sie möchte ein völlig neues Leben anfangen und bittet uns reumütig, ihr zu verzeihen, damit diese unleidige Angelegenheit nicht länger zwischen uns steht. Außerdem wird sie sich wohl in absehbarer Zeit offiziell verloben und möchte uns ihren Prachtkerl gerne demnächst vorstellen, und so weiter ...«

»Ha, die hat nur Angst, dass es für sie peinlich werden könnte, falls wir uns mal irgendwo begegnen bei irgendeinem gesellschaftlichen Anlass! Und damit hätte sie ja nicht ganz unrecht.«

»Natürlich ist das der Grund!«, sagte Michael nüchtern. »Es geht nur um ihren Vorteil! Ich kann mir nicht vorstellen, dass eine Hazel McGregor inzwischen zur *Mutter Teresa* mutiert ist. Auch nicht aus schlechtem Gewissen.«

»Und was sollen wir jetzt machen? Ihr etwa großmütig verzeihen oder was?«

»Ich denke, das sollten wir einfach tun. Vergessen werden wir es ihr wohl nie.«

»Bestimmt nicht!«

Samantha merkte plötzlich, dass sie noch immer sehr involviert in diese üble Geschichte war. Sie erinnerte sich daran, wie sehr sie in dieser – wenn auch kurzen – Zeit der Ungewissheit gelitten hatte. Damals, als sie hatte befürchten müssen, dass ihre junge Ehe schon wieder nahe daran gewesen war zu zerbrechen.

Nach einer Weile sagte sie deshalb: »Ja, vielleicht wäre es das Beste, wenn wir wieder normal mit Hazel verkehren würden. Dieser aufgestaute Groll vergiftet einem nur den Seelenfrieden. Das tut einem ja selbst auf die Dauer nicht gut.«

»In Ordnung! Wie du meinst. Dann schreibe ich ihr, dass wir ihr verzeihen. Aber nur eine E-Mail – keinen Brief! Und ob sie uns ihren Verlobten präsentiert, ist mir ziemlich egal. Ich kann für den Knaben nur hoffen, dass

er das Kleingedruckte gelesen hat!«
Samantha lachte.
»Ja, so könnte man es ausdrücken.«
Da erschien plötzlich Frank in der Halle.
»Wo bleibt ihr denn? Das Essen wird kalt, soll ich euch sagen.«
»Wir kommen schon!«, sagten beide im Chor und lächelten sich danach kurz an.
Frank nahm seine neuen Eltern an den Händen und gemeinsam gingen sie hinunter in die Küche.

4

Nach dem Essen saßen Roberta und Samantha noch weiter zusammen und tranken Kaffee. Das war ein erholsamer Moment für beide.

Michael hatte Frank und das Hündchen mit hinaus in den Park genommen. Dort konnten sie in seiner Nähe und Obhut spielen, während er selbst noch die letzten Anweisungen für die Anlage der Hochzeitswiese geben musste.

Colin schlief noch immer in der Halle. Sie hatten ihn mit seinem Kinderwagen in eine ruhigere, dunklere Ecke geschoben.

»Ich bin schon so sehr gespannt darauf, wie sich unser Rosengarten machen wird«, sagte Samantha und schenkte Kaffee in beide Tassen nach.

»Danke, Liebes! Ich bin sicher, er wird ganz wundervoll, euer Ro...«

Roberta verstummte abrupt, als die Tür aufging und Henderson plötzlich vor ihnen stand.

Samantha sah, dass ihre Freundin errötete.

»Ich bitte um Verzeihung, Mrs Tomlinson«, begann Henderson zögerlich. Sein Blick wanderte unruhig zwischen den beiden Frauen hin und her.

»Heute ist doch mein freier Nachmittag ... Ich wollte fragen, ob Sie mich jetzt entbehren könnten ...«

Seine Augen blieben an Roberta hängen und er geriet ins Stammeln.

»Ich meine, ob Sie etwas dagegen haben, wenn ich ... wenn ich mir nun ein Taxi rufe und mich verabschiede.«

Auch der alte Herr wirkte anders als sonst.

Samantha vermisste an ihm die gewohnte Gewandtheit. Sie sah ihn irritiert an, und als sie nach einem Seitenblick auch Robertas Befangenheit bemerkte, vermied sie es, offen zu lächeln.

»Aber selbstverständlich müssen Sie Ihre freie Zeit haben, mein lieber Henderson! Angenehmen Nachmittag wünsche ich Ihnen!«

Der alte Herr bedankte sich und verabschiedete sich mit einer angedeuteten Verbeugung.

»Was war das denn?«, fragte Samantha, als der Butler die Küche wieder verlassen hatte. »Gibt es irgendetwas, das du mir vielleicht erzählen möchtest?«

Sie knuffte Roberta liebevoll in die Seite. »Na, komm schon!«

»Ach, meine Liebe ... Ich wünschte, es gäbe etwas zu erzählen ... Was soll ich sagen ...«

Sie war noch immer etwas rosig im Gesicht und sah verlegen auf ihre Hände.

»Du musst natürlich nicht, aber ...«

»Nein, nein, schon gut. Vielleicht ist es ja wirklich besser, endlich mit jemandem darüber zu sprechen.«

Nun blickte sie Samantha direkt in die Augen.

»Aber versprich mir, dass du mich nicht auslachst.«

»Natürlich nicht! Weshalb sollte ich dich denn auslachen?«

»Weil ich mich auf meine alten Tage in Henderson verliebt habe – meine Güte! Endlich ist es raus!«

»Und das hältst du für eine Überraschung? Das weiß ich doch schon ganz lange, wahrscheinlich länger als du selbst.«

Samantha nahm Roberta in den Arm und lächelte.

»Oh, mein Gott! War das so auffällig?«

»Würde es dir nicht auffallen, wenn jemand, der sonst wortgewandt und selbstsicher ist, immer dann befangen wirkt, wenn ein und dieselbe Person den Raum betritt?«

Samantha lachte amüsiert.

»Siehst du? Nun lachst du doch!«

»Aber ich lache dich nicht aus, liebste Roberta. Ich lache, weil ich mich für dich freue und wahrscheinlich auch aus Erleichterung darüber, dass wir endlich mal darüber sprechen.«

»Komisch ... Was gibt es denn da zu freuen? Ich freue mich nämlich gar nicht darüber.«

»Aber was soll denn das nun heißen?«

»Ach! Ich weiß doch eigentlich gar nicht, was ich mit meiner Verliebtheit anfangen soll. Für dich ist das vielleicht ganz einfach und wunderbar. Du bist jung und hast Erfahrung in diesen Dingen. Aber ich ... Mein Leben habe ich im Waisenhaus verbracht und bin nur für meine Kinder da gewesen.«

Samantha sah sie ungläubig an.

»Hast du dich denn in all den Jahren überhaupt nie verabredet?«

Roberta schüttelte den Kopf.

»Es gab da schon den einen oder anderen, der mich um ein Rendezvous gebeten hatte – ich glaube, ich war ein ganz hübsches junges Ding damals.«

Sie lachte verlegen.

»Aber ich habe immer abgesagt: diese Männer interessierten mich einfach nicht, weißt du. Und meistens war dann etwas mit den Kindern, wo ich gebraucht wurde. Na ja, du kennst das ja noch.«

»Ich verstehe. Aber es ist doch ganz wundervoll, dass dein Herz nach all den langen Jahren noch funktioniert!«, sagte Samantha und strahlte sie an.

»Ja ... so betrachtet hast du vielleicht recht.«

»Bestimmt!«

»Und trotzdem weiß ich nicht, was ich mit meinen Gefühlen anfangen soll. Ich habe mein ganzes Leben lang allein gelebt – also zumindest ohne Mann – und jetzt bin ich alt, verbraucht und hässlich.«

»Ich könnte mir vorstellen, dass Henderson das anders sieht.«

»Ich nicht.«

»Ja, glaubst du denn, dass es ihm anders ergeht als dir? Ich kann mich nicht daran erinnern, dass bei ihm je die Rede von einer Frau gewesen wäre in der ganzen Zeit. Ich glaube, er hat sein Leben vor vielen Jahren mit allem Drum und Dran der Familie Cardington verschrieben.«

»So, wie ich meinen Waisenkindern.«

»Ganz genau! Habt ihr denn eigentlich je darüber miteinander gesprochen?«

»Nein! Gott bewahre! Also nur immer so drum herum ... eher andeutungsweise, also mehr so theoretisch.«

»Hm ... Also ich könnte mir vorstellen, dass Henderson genauso überrascht über seine Gefühle ist wie du über deine, meine liebe Roberta.«

Roberta machte große Augen und bekam hektische rote Flecken im Gesicht.

»Wie? Du glaubst, er ist auch verliebt in mich?«

Samantha begann, schallend zu lachen.

»Ja, was denn sonst? Der arme Mann ist doch seit einiger Zeit kaum wiederzuerkennen. Er wirkt wie um 180 Grad gedreht! Ständig habe ich das Gefühl, dass er gleich irgendwo dagegen läuft, weil er mit seinen Gedanken Gott weiß wo ist!«

»Meinst du wirklich, Samantha?«

Roberta sah ihr eindringlich in die Augen.

»Ich habe nicht den geringsten Zweifel daran.«

Samantha erwiderte den Blick genauso verbindlich.

»Schau ihn dir doch nur mal an!«

»Na ja, ich denke, so objektiv wie du kann ich mir Henderson nicht ansehen. Mein Herz schlägt dann immer wie verrückt, wenn er hereinkommt, weißt du.«

Samantha lächelte verständnisvoll.

»Das Gefühl kenne ich!«

Sie zwinkerte ihrer Freundin zu.

»Ich bin damals fast in Ohnmacht gefallen, als ich erkannt habe, wer da gerade aus dem Wagen gestiegen ist.«

Roberta seufzte tief.

»Er sieht so gut aus, findest du nicht auch?«

»Ja, Henderson ist ein äußerst stattlicher und feiner Herr.«

»Und erst seine Manieren ...«

Roberta schüttelte den Kopf und seufzte.

»Kein Wunder, dass ich mich in ihn verliebt habe ... Und du bist sicher, dass er meine Gefühle erwidert?«

»Absolut!«

»Aber was soll denn jetzt werden? Ich meine, wie geht so etwas denn für gewöhnlich weiter? Soll ich ihm sagen, was ich fühle? Oder sollte ich lieber noch warten?«

»Also, wie ich Henderson einschätze, meine liebe Roberta, solltest du warten, bis er dich anspricht. Er ist doch ein Kavalier der alten Schule, wenn du verstehst, was ich meine.«

»Und wenn er sich nun nicht traut? Du hast doch gesagt, dass er wohl auch nicht mehr Erfahrung haben dürfte als ich.«

»Das ist nur meine Vermutung. Aber du könntest ihm vielleicht ein wenig auf die Sprünge helfen ... ihn sozusagen ermutigen, dich anzusprechen.«

»Ja, und wie geht das, ohne mich lächerlich zu machen?«

»Lächle ihn an, erwidere seinen Blick, flirte mit ihm. Solche Dinge eben. Oder frag ihn zum Beispiel, was er denn an seinem freien Nachmittag für gewöhnlich so unternimmt.«

»Oh, ich denke, das ist eine gute Idee! Flirten liegt mir, glaube ich, nicht so gut. Damit habe ich einfach keine Erfahrung. Aber mit ihm über sich sprechen und ihn nach persönlichen Dingen fragen – das könnte ich bestimmt!«

»Aber falls er etwas reserviert sein sollte, nimm es nicht persönlich, meine Liebe! Bedenke, dass es zu seinem Beruf gehört, distanziert zu sein und sich selbst außen vor zu lassen. Das ist er bestimmt auch nicht gewöhnt.«

»Da magst du recht haben. Wie sind wir nur geprägt durch unsere Vergangenheit! Zu blöd!«

Samantha lachte und nahm ihre Freundin in den Arm.

5

Ein paar Tage später machte sich Samantha mit Colin im Tragegurt auf den Weg hinüber ins Waisenhaus.

Roberta hatte sie am Morgen angerufen und gebeten, so bald wie möglich zu ihr ins Büro zu kommen. Da gerade neue, hoffnungsvolle Adoptiveltern vor ihr gesessen waren, hatte die alte Dame am Telefon nicht über das sprechen können, was sie auf dem Herzen hatte.

Samantha hatte sich ohnehin angewöhnt, vormittags einen Spaziergang zu unternehmen, wenn das Wetter es erlaubte. So konnte sie eine Weile mit ihrem Baby allein verbringen.

Sie fand es ziemlich erschreckend, wie schnell die Zeit seit der Geburt dahingegangen war. Die ersten vier Wochen waren ja meistens sehr anstrengend für eine Mutter: die Strapazen der Geburt, dazu die größte Umstellung im eigenen – vormals selbstbestimmten – Leben, die die Verantwortung für ein Kind so mit sich brachte.

Und in Colins zweitem Lebensmonat war bereits so vieles um die junge Familie herum geschehen, dass es geradezu unglaublich war: Ausgerechnet in dem Moment, als endlich so etwas wie Normalität und Alltag Ruhe in ihr Leben hatte bringen sollen, waren wie aus dem Nichts Michaels tot geglaubte Eltern aufgetaucht.

Diese Leute hatten daraufhin eine schrecklich lange Woche auf Cardington Manor zugebracht. Mit ihrem Erscheinen hatten sie eine Kette von Ereignissen losgetreten, die das junge Ehepaar Tomlinson in eine schwere Krise gestürzt hatte.

Beinahe gleichzeitig hatte sich Franks Adoption durch

ein Ehepaar aus Hastings angebahnt, die Michael und Samantha im letzten Moment hatten verhindern können.

Gleich darauf hatten sie ihn selbst adoptiert und somit nun plötzlich zwei Söhne.

Kein Wunder, dass kaum Zeit geblieben war, das neue gemeinsame Glück bewusst zu erleben.

Das wollte Samantha jetzt alles nachholen.

Sie genoss es sehr, ihr Baby beim Tragen am Körper zu spüren, während ihr sein zarter Duft in die Nase stieg. Diese Momente machten sie unendlich glücklich.

Sie flüsterte Colin ins Ohr, wie sehr sie ihn liebte. Und sie erzählte ihm, was sie alles gemeinsam erleben würden als inzwischen vierköpfige Familie, mit seinen Eltern und seinem großen Bruder Frank. Natürlich auch zusammen mit Großmutter Roberta.

Manchmal sang sie dem Kleinen auch Kinderlieder vor. Und wenn Colin dabei einschlief, hatte sie Gelegenheit, ihre eigenen Gedanken zu ordnen.

Aber heute fiel es Samantha ungewöhnlich schwer, diese gemeinsame Stunde zu genießen. Sie war ausgesprochen fahrig. Ständig musste sie darüber nachdenken, was es denn so Wichtiges geben könnte, das Roberta ihr zu erzählen hatte, und das ihr persönliches Erscheinen im Waisenhaus erforderlich machte.

Und natürlich spürte ihr Sohn die Unruhe seiner Mutter und kam dabei selbst nicht zur Ruhe. Er quengelte und weinte unentwegt und Samantha war zu aufgeregt, um ihn trösten zu können.

Völlig entnervt kamen Mutter und Kind beim Kinderheim an.

Samantha legte Colin in eines der Babybetten ab. Sie überließ ihn der Obhut einer jungen, gelassenen Kinderpflegerin, worauf der Kleine sich augenblicklich entspannte und kurz darauf einschlief.

Als sie das Büro betrat, bemerkte Samantha sofort,

dass etwas nicht in Ordnung war. Und es war offenbar sogar noch schlimmer, als sie befürchtet hatte.

Roberta hatte hektische rote Flecken im Gesicht und am Hals und empfing sie mit einem gezwungenen Lächeln. Sie umarmten sich kurz zur Begrüßung.

»Was ist denn nur los?«, fragte Samantha angespannt.

»Jetzt aber raus mit der Sprache!«

»Setz dich lieber hin, ich zeige es dir!«

Roberta kramte in einem Aktenordner und legte ein Schriftstück vor Samantha auf den Schreibtisch.

»Dieser Brief ist vor ungefähr zwei Wochen geschrieben worden und die Stadt Lamberhurst hat ihn an uns weitergeleitet. Er war an das *St. Mary Waisenhaus* gerichtet.«

»Und was für ein wichtiger Brief ist das, dass du es so spannend machst?«

»Lies ihn doch bitte selbst!«

»Das kann man ja kaum lesen«, sagte Samantha und bemühte sich redlich, das Geschriebene dennoch zu entziffern.

»Wer hat denn das geschrieben ... *Vicki Slowe*? Wer soll denn das sein?«

»*Vivien*. Es heißt *Vivien ... Sloane*.«

Samantha sah sie zunächst fragend an.

In derselben Sekunde weiteten sich ihre Augen vor Schreck. Sie hatte verstanden.

»Du willst mir sagen, das ist ...«

»... Franks leibliche Mutter, ja.«

»Wie bitte? Das ist jetzt ein schlechter Scherz, oder?«

»Das habe ich auch gedacht.«

»Das darf doch nicht wahr sein! Ja ... Und was will diese Frau? Ich meine, hat das etwa jemand entziffern können?«

»Na ja, die Stadtverwaltung von Lamberhurst hat sozusagen die Übersetzung mitgeliefert. Also sinngemäß:

Vor etwa sieben Jahren wurde ihr ihr kleiner Junge weggenommen und in einem Kinderheim untergebracht, weil sie sich nicht mehr um ihn hatte kümmern können. Inzwischen tut ihr das alles sehr leid und sie hat wohl ihre Drogensucht und ihr Alkoholproblem in den Griff bekommen. Sie hat inzwischen auch einen Job als Fabrikarbeiterin und fühlt sich nun offenbar in der Lage, ihren Sohn zu sich zu nehmen. Sie fragt an, ob man ihr etwas über Franks Aufenthaltsort sagen könnte, weil sie gesehen hatte, dass das *St. Mary* inzwischen abgerissen wurde.«

»Was? Und das fällt ihr jetzt ein? Nach sieben Jahren und ausgerechnet in dem Moment, wo Frank endlich glücklich ist? Da bin ich jetzt echt sprachlos!«

»Reg dich doch bitte nicht auf! Es ist auf jeden Fall klar, dass sie nun zu spät kommt. Eure Adoption ist rechtskräftig und damit basta!«, sagte Roberta, um Samantha zu beruhigen.

»Aber sie ist immerhin seine richtige Mutter!«

»Das stimmt natürlich. Aber das Sorgerecht ist ihr ja deshalb entzogen worden, weil sie ihren Jungen als Baby stark vernachlässigt hat.«

»Warum lässt sie ihn dann nicht einfach in Ruhe?«

Samantha stand abrupt auf und schritt hektisch in dem kleinen Büro auf und ab.

»Er hat doch bis jetzt auch ohne sie zurechtkommen müssen! Das hat die Dame aber offenbar nicht interessiert!«

»Na ja, das kannst du ihr bei ihrer Lebensgeschichte nicht verdenken. Immerhin regt sich noch ein Funken Mütterlichkeit in ihr. Das spricht wenigstens für sie.«

Samantha schnaubte: »Großartig! Nach sieben Jahren ohne ein Wort! Das ist ja wie in einem schlechten Film! Was habe ich bloß verbrochen, kannst du mir das sagen?«

»Tut mir leid, dass ich dich jetzt damit aufgeregt habe, aber ich musste es dir doch erzählen, weil es doch schließlich um deinen Sohn geht.«

»Ja, natürlich, du kannst ja nichts dafür.«

Samantha dachte einen Moment nach.

»Aber unangenehm ist diese Situation schon, findest du nicht? Irgendwie beängstigend. Auch wenn diese Frau keine rechtliche Handhabe hat.«

»Ja, da muss man sich jetzt gut überlegen, was man antwortet, damit sie nicht alle Hebel in Bewegung setzt, um trotzdem an den Jungen heranzukommen. Von solchen Fällen hat man ja auch schon gehört und das ist nie leicht für die Beteiligten. Anfangs heißt es oft: *Ich möchte mein Kind ja nur einmal sehen und mich vergewissern, dass es ihm gut geht.* Und meistens fällt es dem leiblichen Elternteil dann schwer, sich im Hintergrund zu halten und den Adoptiveltern das Feld zu überlassen.«

»Ich glaube, mir wird gerade schlecht«, sagte Samantha und fasste sich an den Magen.

»Komm, trink erst mal etwas, meine Liebe!«

Roberta reichte ihr ein Glas Wasser.

Samantha setzte sich wieder hin und nahm einen großen Schluck.

Danach sagte sie: »Ja, hört denn das eigentlich nie auf? Warum können wir hier nicht einfach in Frieden und Ruhe leben? Muss denn immer irgendetwas daherkommen, mit dem man nicht gerechnet hat? Die ganzen Jahre hat sich niemand für Frank interessiert! Die Einzigen, die ihn je als Adoptivkind in Betracht gezogen haben, waren diese unsäglichen Boyles, was wir gerade noch haben verhindern können ...«

»Ich verstehe dich ja, aber ...«

»Und davor die Sache mit Michaels Eltern! Also mein Bedarf an verschollenen und wiederauferstandenen Müttern ist für mehrere Leben gedeckt! Das gibt es doch gar nicht!«

Samantha war aufgesprungen und ging in Richtung der

Tür.

»Ich muss jetzt unbedingt als Erstes mit Michael darüber sprechen! Stell Dir nur vor, wenn diese Vivien Sloane herausbekommt, wer Frank adoptiert hat! Vielleicht kreuzt die hier eines Tages noch auf und spielt sich als Mutter auf! Das würde mir jetzt gerade noch fehlen zu meinem Glück!«

»Das werden wir schon zu verhindern wissen. Jetzt beruhige dich erst mal, meine Liebe! Ich rufe gleich nachher bei der Stadtverwaltung in Lamberhurst an und werde mit denen besprechen, wie wir in dieser Angelegenheit am besten vorgehen.«

»Soll ich das nicht lieber machen? Ich möchte dich mit dieser unangenehmen Sache nicht auch noch belasten.«

»Aber nein! Lass nur, Liebes! Ich kenne dort in der Verwaltung noch ein paar nette Leute von früher und das ist doch eine gute Gelegenheit, sich einmal wieder auszutauschen.«

»Na, wenn du meinst.«

Samantha zog ihr Telefon aus der Hosentasche und wandte sich zum Gehen.

»Ich lasse euch Colin eine Weile hier, bis er aufwacht. Meldet euch dann bitte, ja? Ich muss jetzt dringend mit Michael sprechen und ihm diese unglaubliche Geschichte erzählen.«

Bevor sie die Tür hinter sich schloss, steckte sie noch einmal ihren Kopf durch den Türspalt.

»Und sag mir bitte Bescheid, sobald du Neuigkeiten aus Lamberhurst hast!«

Roberta nickte und Samantha ging hinaus in den Park, um ihren Mann anzurufen.

Ausgerechnet an diesem Morgen war Michael schon früh zu einem öffentlichen Projekt nördlich von London aufgebrochen. In einer Kleinstadt dort sollte eine ganz besondere Art von Naherholungsgebiet errichtet werden: ein Freizeit-, Sport- und Vergnügungspark mit einem Bachlauf, einem Trainingspfad und einem Hochseilgarten.

Samantha fürchtete schon, Michael nicht zu erreichen, doch er war sofort am Apparat. Er hatte ziemlich üble Laune, weil er diesen Auftrag nur einem Studienfreund zuliebe angenommen hatte. Nun – vor Ort – merkte er, dass er nicht die geringste Lust auf diese Art von Projekt hatte.

»Dieser aus dem Boden gestampfte Mist geht mir jetzt schon auf die Nerven! Und die Betreiber der Anlage ebenso«, antwortete er auf Samanthas Frage nach seinem Befinden.

»Das tut mir leid, Schatz, aber es ist etwas Unglaubliches passiert«, sagte sie und erzählte ihm die Neuigkeiten.

»Natürlich ist das seltsam, dass diese Frau ausgerechnet jetzt ankommt, wo der Junge eine richtige Familie hat, in der er sich wohlfühlt. Aber ich glaube nicht, dass sie wirklich etwas ausrichten kann – leibliche Mutter hin oder her!«

»Aber meinst du nicht, dass es ein Argument für sie sein könnte, dass Frank erst so kurz bei uns ist?«

»Das kann ich mir nicht vorstellen, aber wissen tue ich es natürlich nicht mit Gewissheit. Jetzt beruhige dich doch bitte wieder, mein Schatz! Um uns Frank wegzunehmen, müsste sie ihn erst einmal finden!«

»Ja, und genau das stelle ich mir nicht besonders schwierig vor! Um herauszufinden, wohin das Waisenhaus von Lamberhurst umgezogen ist, genügt ein Blick ins Internet. Außerdem gibt es auf der Homepage des Kinderheims jede Menge Links zu Veranstaltungen, die hier stattgefunden haben. Da sind auch viele Fotos dabei, auf denen garantiert irgendwo Frank mit drauf ist. Hat nicht auch irgendein Blatt sogar über unsere Adoption geschrieben? Es sollte mich wundern, wenn nicht! Wo Cardington Manor durch *Cardington Home* doch inzwischen eines der erfolgreichsten Wirtschaftsunternehmen der Region ist ...«

»Sammy, dann lass diese Fotos einfach verschwinden bis Gras über die Sache gewachsen ist! Und vor allem steigere dich da nicht so sehr hinein! Du hörst dich ja an, als würde bereits eine Hundertschaft vor der Tür stehen, um unseren Frank wieder abzuholen!«

»Genau so fühlt es sich für mich auch an!«
Ihre Stimme überschlug sich.

»Ich weiß nicht, was ich mir von diesem Gespräch mit dir erhofft habe, aber es war auf jeden Fall mehr als das!«, sagte sie und schnaubte in den Hörer.

»Tut mir leid, Liebes, aber die gehen mir hier so fürchterlich auf die Nerven, dass ich am liebsten alles sofort hinschmeißen würde.«

»Und warum machst du es nicht einfach? Also wenn sich das irgendjemand leisten kann, dann doch wohl du, oder nicht?«

»Wahrscheinlich hast du recht, aber ich bin wohl zu gutmütig oder zu höflich oder zu blöd oder ich weiß nicht, was ...«

»Dann sag denen, du wirst in einer äußerst dringenden Angelegenheit zu Hause gebraucht. Und das ist keinesfalls übertrieben, das weißt du hoffentlich!«

»Ja ... Wenn ich dich nicht hätte ... Ich komme so bald wie möglich«, sagte Michael matt.

»Versprochen?«
»Versprochen!«

6

Das Frühstück nahm man auf Cardington Manor seit jeher in der Orangerie ein. Das ehemalige Gewächshaus, das direkt an die Eingangshalle anschloss, diente schon lange nicht mehr seinem ursprünglichen Zweck. Längst war das Gerüst des filigranen Anbaus grün oxidiert, doch viele der originären Glasscheiben waren noch erhalten geblieben.

Dieser im viktorianischen Stil erbaute Frühstücksraum war inzwischen eingerichtet wie ein bewohnbarer Wintergarten. Doch atmete man noch die beruhigende Atmosphäre der Vergangenheit, ja, der guten alten Zeit. Diese schien hier stehen geblieben und noch immer in den Räumen gegenwärtig zu sein und ließ einen Hauch von Unvergänglichkeit erahnen.

Samantha saß auf einem der gemütlichen Korbmöbel, eingerahmt von einer verschwenderischen Fülle aus Vorhängen, Tischwäsche und Kissen mit edlen Blumendrucken. Kleinere und größere Sitzgruppen standen hier vor den Fensterfronten und zauberten ein behagliches Ambiente.

Der Blick aus diesem kleinen Glaspalast war geradezu atemberaubend: Der Park von Cardington Manor, soweit das Auge reichte, und dieser Anblick war zu jeder Jahres- und Tageszeit ein Erlebnis.

Samantha liebte es, am Morgen dort zu sein, wenn die Natur gerade zum Leben erwacht war. Unzählige Vögel und kleine Wildtiere lebten dort in diesem kleinen Stück Natur und waren schon seit Stunden geschäftig. Die zarte

Morgensonne beleuchtete die Szenerie auf ihre sanfte Weise.

Samantha lehnte sich in ihrem Sessel zurück und betrachtete abwesend das Spiel der Wolken.

Sie war so müde. Die Nacht war unruhig verlaufen. Ständig waren ihre Gedanken um diesen Brief von Vivien Sloane gekreist.

Es beunruhigte sie über die Maßen, zu wissen, dass Franks Mutter plötzlich als Person existierte und ihren Jungen wiederhaben wollte. Und wie so oft verwandelten sich nachts Probleme auch noch in unüberwindbare Katastrophen. Die vernünftigen und tröstenden Argumente von Roberta und Michael hatten in der quälend langen Dunkelheit plötzlich kein Gewicht mehr gehabt. Jedes Mal, wenn die Müdigkeit sie beinahe übermannt hatte, war es schon wieder Zeit für Colin gewesen und er hatte lautstark sein Recht nach Versorgung eingefordert.

Vor ihr, auf einem runden Tischchen, stand ein mit altmodischem Rosendekor verzierter Teebecher. Er duftete vor sich hin und verströmte das feine Aroma. Das war Samanthas Lieblingstasse: ein uraltes Einzelstück, das so gar nicht zu dem anderen Geschirr passen wollte. Außerdem fehlte am oberen Rand ein winziges Stück Porzellan, das schon vor langer Zeit abgesplittert war, aber auch das war ihr egal.

Sie nahm einen Schluck von dem *Darjeeling*. Dann brach sie ein Stück von dem in einem silbernen Ständer bereitgestellten Toast ab und bestrich es dünn mit Butter.

Sie liebte ihren Toast dunkel geröstet. Der Geruch erinnerte sie jedes Mal an ihre Kindheit und verursachte ein Gefühl von Geborgenheit. So hatte es immer gerochen, wenn ihre Mutter das Frühstück bereitet hatte.

Das kratzende Geräusch, das das Messer auf dem rauen Brot erzeugte, erfüllte den hohen Raum, sodass sie nicht hörte, wie Henderson die Orangerie betrat.

Mit einem diskreten Räuspern machte er sich bemerkbar.

»Ja, Henderson?«

»Ich wollte nur fragen, ob alles zu Ihrer Zufriedenheit ist, Mrs Tomlinson, oder ob Sie noch einen Wunsch haben.«

»Danke, Henderson! Vielleicht noch etwas Tee.«

Der Butler ging zu einem Sideboard, auf dem das Frühstücksbuffet angerichtet war. Er nahm die elfenbeinfarbene Porzellankanne, die auf einem Rechaud stand, und goss von dem *Darjeeling* in Samanthas Rosentasse nach.

»Danke, Henderson, und bestellen Sie doch bitte Rose, das Brombeergelee ist ihr dieses Jahr wieder ganz vorzüglich gelungen.«

Zur Bekräftigung nahm sie einen Löffel voll aus der Kristallschale und legte die dunkelrot glitzernde Kostbarkeit vorsichtig auf das Stück Toast, das sie noch in der Hand hielt.

»Danke, Mrs Tomlinson, ich werde es ausrichten. Das wird Rose bestimmt sehr freuen.«

»Allein der Duft ist unbeschreiblich!«

Samantha schloss genießerisch die Augen, hielt sich den langstieligen Löffel unter die Nase und sog das süßlich fruchtige Aroma ein, das ihr sogleich ein Lächeln aufs Gesicht zauberte.

»Ich bin ganz Ihrer Meinung. Rose vollbringt damit jedes Jahr ein kleines Meisterwerk. Ich schätze es ebenfalls sehr.«

Samantha schob sich den köstlichen Bissen in den Mund und kaute genüsslich.

Henderson stand noch immer neben ihr. Er hatte sich keinen Schritt von der Stelle gerührt.

»Ist noch etwas, Henderson? Haben Sie etwas auf dem Herzen?«

Sie konnte den alten Herrn gut einschätzen. Und sie mochte ihn. Sehr sogar.

»So sprechen Sie doch, bitte!«

»Danke, Mrs Tomlinson ... Nun, ich wollte Ihnen mitteilen ... Vielmehr bin ich untröstlich, Ihnen mitteilen zu müssen ... dass ich im nächsten Jahr in den Ruhestand gehen werde und dass es an der Zeit wäre, meine Nachfolge zu besprechen.«

Er atmete hörbar aus und es war spürbar, dass ihm diese Ankündigung nicht leicht gefallen war.

Samantha sah ihn erschrocken an.

»Was sagen Sie da? Aber ...«

Tränen traten in ihre Augen.

»Aber wie sollen wir das denn hier alles bloß ohne Sie schaffen?«

Sie zog ein Taschentuch hervor und tupfte sich die Augenwinkel trocken.

Auch Hendersons Augen glitzerten und er schluckte.

»Mein lieber Henderson, bitte verzeihen Sie mir meinen Egoismus! Natürlich müssen Sie Ihren wohlverdienten Ruhestand haben. Ich gönne es Ihnen auch von ganzem Herzen, aber die Wahrheit ist, ich kann mir Cardington Manor gar nicht ohne Sie vorstellen. Sie sind für mich ein Teil dieses Hauses ... Ein Teil meines Zuhauses.«

Tränen liefen ihr übers Gesicht und sie konnte es nicht verhindern.

»Verstehen Sie, mein lieber Henderson?«, ergänzte sie mit erstickter Stimme und wischte sich mit dem Tuch über die Wangen.

Henderson brachte kein Wort heraus. Er wandte sich leicht ab, zog ein altmodisches Stofftaschentuch aus dem Inneren seines Jacketts und putzte sich die Nase.

»Verzeihung!«, war alles, was er sagen konnte.

»Bitte verzeihen Sie mir, Henderson, dass ich Ihnen diesen unvermeidlichen Schritt so schwer mache, aber

Ihre Ankündigung kam für mich so überraschend. Und das ist allein meine Schuld. Ich hätte mir längst einmal alle Personalunterlagen ansehen müssen, dann hätte es mich jetzt nicht so schwer getroffen.«

»Auch für mich ist diese Vorstellung ... Ich muss sagen ... Mehr als schwer zu nennen, Mrs Tomlinson. Ich habe die letzten 40 Jahre – also mein ganzes Erwachsenenleben – auf Cardington Manor verbracht und der Familie Cardington gedient. Mit aller mir zur Verfügung stehenden Loyalität und Hingabe. Das hat mein Leben restlos erfüllt.«

»Ich verstehe.«

Samantha sah den alten Herrn mit tränenverschleiertem Blick an und es brach ihr fast das Herz, seinen Schmerz über die bevorstehenden Veränderungen zu spüren. So als würde er vor einem gähnenden Abgrund stehen. Nach dem nächsten Schritt würde sein Leben, wie er es geliebt hatte, vorbei sein.

»Danke, dass Sie mich schon mal schonend darauf vorbereitet haben, Henderson. Dass Sie dieses Haus je verlassen könnten, ist für mich wohl eine Tatsache gewesen, die ich immer verdrängt habe und es wohl auch weiterhin tun würde. Aus gutem Grund.«

Henderson deutete eine dezente Verbeugung an und Samantha fuhr fort:

»Ich weiß nicht, wie es weitergehen wird, aber ich verspreche Ihnen mit aller mir zur Verfügung stehenden Loyalität und Hingabe, es wird sich zu Ihrer Zufriedenheit fügen. Ich werde alles in meiner Macht Stehende tun, damit Sie Ihren Ruhestand werden genießen können!«

Der Butler schüttelte gerührt den Kopf.

»Mylady ... äh, Mrs Tomlinson, ich bitte um Verzeihung ...«

»Und jetzt gehen Sie bitte, Henderson, damit ich in Ruhe über Ihren Abschied weinen kann«, sagte Samantha und lachte unter Tränen.

Auch Henderson lächelte nun, aber entgegen ihrer Annahme wandte er sich nicht zum Gehen.

»Da wäre leider noch eine Sache, die ich mit Ihnen besprechen wollte, wenn es Ihnen nichts ausmacht, Mrs Tomlinson.«

Samantha nickte aufmunternd. »Sprechen Sie ruhig! Schlimmer kann es ja nicht mehr kommen.« Sie putzte sich die Nase.

Henderson räusperte sich, ehe er begann.

»Es geht um Mrs Gilchrist ... Ich wollte Sie fragen, ob es Ihnen recht wäre ... Also, ob Sie es erlauben würden, wenn ich Mrs Gilchrist an meinem nächsten freien Nachmittag einladen würde ... also nichts Besonderes. Nur zu einem Spaziergang an der Küste oder zu einem Ausflug in die Stadt.«

Samantha lächelte gerührt.

»Was für eine reizende Idee, Henderson! Was sollte ich denn dagegen haben? Natürlich! Laden Sie sie ruhig ein!«

»Danke ergebenst, Mrs Tomlinson! Ich weiß noch nicht, ob mich Mrs Gilchrist überhaupt begleiten würde, aber ich dachte, ich müsste zuerst Sie fragen, weil sie doch Ihre enge Freundin ist und gleichzeitig zu Ihrer Familie gehört. Ich dagegen gehöre ja nur dem Personal an.«

»Ach was, mein lieber Henderson! Sie gehören genauso zur Familie. Und Roberta ist ein freier Mensch. Ich habe da nichts zu erlauben.«

»Verbindlichsten Dank, Mrs Tomlinson!«

Der Butler deutete erneut eine Verbeugung an und wandte sich zum Gehen.

Als er fast am Durchgang zur Eingangshalle angekommen war, rief ihm Samantha nach: »Ach, noch etwas, Henderson!«

Der alte Herr blieb stehen und drehte sich ihr wieder

zu.

»Nehmen Sie doch künftig an Ihrem freien Nachmittag den Bentley! Ich finde, diese elegante, alte Limousine passt so gut zu Ihnen, und wir werden ihn sicher nicht brauchen in dieser Zeit.«

»Ich weiß gar nicht, was ich dazu ...«, stammelte er errötet und lächelte.

»Sehr wohl, Mrs Tomlinson ... verbindlichsten Dank!«

Er wandte sich nun endgültig zum Gehen und stieß dabei beinahe mit Roberta zusammen, die in diesem Moment den Frühstücksraum betreten wollte, weil sie Samantha suchte.

Mit einem erschrockenen »Verzeihung!« wich er der alten Dame gerade noch aus und rempelte stattdessen an den Türpfosten, bevor er die Orangerie fluchtartig verließ.

»Was war das denn?«, fragte Roberta entgeistert, während ihr Blick zwischen der lächelnden Samantha und dem davoneilenden Butler hin- und herschwang.

»Warte es ab, meine Liebe! Warte es ab!«

7

Wie versteinert musterte Roberta die Besucherin, die unruhig auf einem Stuhl im Wartebereich des Büros des Waisenhauses saß. Die Fremde blätterte fahrig in einer Zeitschrift, die neben ihr auf einem Tischchen gelegen hatte. Jedes Mal, wenn die filigranen Finger zu hastig eine Seite umschlugen, machte es ein unangenehm zischendes Geräusch, das Roberta zusammenzucken ließ.

Die Frau selbst schien das überhaupt nicht wahrzunehmen.

Roberta schätzte sie ein wenig jünger ein als Samantha, jedoch sah sie ziemlich verlebt aus, welk und blass. Ihr Haar hatte die gleiche rote Farbe wie das von Frank. Die gleichen Augen, Sommersprossen. Wenn man von ihrem leicht gräulichen Teint und den dunklen Augenschatten absah, war sie das exakte Ebenbild des Jungen. Diese Ähnlichkeit war fast unheimlich.

Unter dem Vorwand, selbst schnell noch ein dringendes Formular ausfüllen zu müssen, hatte Roberta Vivien Sloane gebeten, dort Platz zu nehmen.

Auch um Zeit zu gewinnen. Sie musste sich nun genau überlegen, was sie zu Franks Mutter sagen sollte, damit diese aufgab und schnellstens wieder dorthin zurückfuhr, wo sie hergekommen war.

Doch dazu war die alte Dame in diesem Augenblick viel zu aufgeregt. Sie konnte diese Frau nur verstohlen anstarren. Immer wieder sah sie zu ihr hinüber.

Fassungslos.

Über diese verblüffende Ähnlichkeit mit Frank.

Und über die Tatsache, dass diese Frau tatsächlich die

Energie besessen hatte, persönlich auf Cardington Manor zu erscheinen.

Samanthas und ihr eigener schlimmster Albtraum war damit in Erfüllung gegangen. Natürlich würde Vivien Sloane ihren Sohn nicht mehr zurückbekommen. Aber falls es ihr tatsächlich gelingen sollte, Franks Aufenthaltsort ausfindig zu machen, wäre sie durchaus in der Lage, Zerrissenheit in sein Leben, und Unruhe über seine neue Familie zu bringen. Das hatten weder der arme Frank noch die Tomlinsons verdient, fand Roberta.

Sie blickte unauffällig auf ihre Armbanduhr und erschrak: In Kürze würde der Schulbus aus Rye auf Cardington Manor eintreffen – mit Frank an Bord. Bis dahin musste sie Vivien Sloane davon überzeugt haben, dass es keinen Sinn machte, weiterhin nach ihrem Sohn zu suchen.

Roberta räusperte sich und zwang sich zu einem freundlichen Lächeln.

»So, nun habe ich endlich Zeit für Sie. Tut mir leid, dass Sie so lange warten mussten, Mrs ... wie war noch Ihr Name?«

»Sloane. Vivien Sloane. Ich bin hier wegen meinem Sohn. Er heißt Frank.«

Roberta deutete auf den Sitzplatz direkt vor ihrem Schreibtisch.

»Bitte schön!«

»Danke.«

Vivien Sloane stand auf und setzte sich auf den ihr zugewiesenen Stuhl.

»Kennen Sie ihn vielleicht?«

Die Stimme klang brüchig und rau.

Roberta fragte sich, woher diese erschöpft wirkende junge Frau die Kraft nehmen wollte, einem so lebhaften Jungen wie Frank gerecht zu werden.

»Ja, natürlich kenne ich Frank«, sagte sie so beiläufig

wie möglich und ordnete dabei geschäftig ein paar Papiere auf ihrem Schreibtisch.

»Was kann ich denn für Sie tun, Mrs Sloane?«

»Na, ich möchte Frank abholen und zu mir nehmen. Ist er noch hier? Kann ich ihn sehen?«

»Ich fürchte, Sie kommen zu spät. Frank war einige Jahre bei uns. Doch inzwischen hat er längst eine neue Familie gefunden. Er ist schon vor langer Zeit adoptiert worden.«

Roberta spürte den Druck ihrer eigenen Lüge wie einen Kloß in der Kehle.

»Das habe ich befürchtet.«

Vivien Sloane sah enttäuscht aus und kämpfte mit den Tränen.

Nach einer kleinen Weile fragte sie: »Wie war er denn so? Ich meine, war er ein netter Junge?«

Robertas Augen wurden ebenfalls feucht, weil sie den Schmerz der Frau so deutlich spürte, als wäre es ihr eigener. Es wäre nicht auszudenken, wenn Frank plötzlich woanders leben würde!

»Ja, Frank war ein netter Junge, ein sehr netter. Ich mochte ihn sehr«, sagte Roberta, froh, nicht schon wieder lügen zu müssen.

»Ja?«

Das traurige Gesicht der jungen Frau verzog sich zu einem freudigen Lächeln. Tränen liefen ihr jetzt ungehindert die Wangen hinunter.

»Das habe ich gehofft ... Er war ja auch schon ein süßes Baby.«

Roberta bestätigte mit einem Nicken und erinnerte sich an den Moment, als ihr der kleine Rotschopf zum ersten Mal im Arm lag.

»Aber ich konnte damals nicht ... Ich hatte mir so gewünscht, dass wir es noch mal miteinander versuchen könnten, verstehen Sie? Dass wir eine zweite Chance haben.«

»Das verstehe ich sehr gut, Mrs Sloane.«

Roberta bemühte sich um größtmögliche Sachlichkeit.

»Aber es wird Sie sicherlich freuen zu hören, dass Frank eine wirklich nette Familie gefunden hat. Er hat jetzt sogar einen Bruder. Und einen Hund, glaube ich.«

»Das klingt gut«, sagte Mrs Sloane und putzte sich die Nase.

»Aber ich hätte ihn doch so gerne wenigstens einmal kennengelernt. Können Sie mir dann vielleicht sagen, wer ihn adoptiert hat?«

»Nein, das darf ich leider nicht. Und ich könnte es auch nicht, selbst wenn ich dürfte.«

»Was heißt, Sie könnten es nicht?«

»Wenn ein Kind eine Familie gefunden hat, vernichten wir hier sofort sämtliche Unterlagen, damit nichts und niemand dieses neue Glück stören könnte«, log Roberta erneut.

»Nach all den Jahren im Heim ist es für ein Kind schon schwer genug, in die Normalität zu finden.«

»Aber können Sie sich denn wirklich nicht mehr daran erinnern, wer ihn adoptiert hat? Sie sagten doch, Sie mochten ihn so. Da müssen Sie doch bestimmt noch wissen, zu wem er gekommen ist. Oder wenigstens, wo er heute lebt.«

»Nein, das weiß ich heute nicht mehr. Jedes Jahr kommen und gehen hier so viele Kinder ein und aus! Und ich dürfte es Ihnen auch nicht sagen, selbst wenn ich es wüsste. Verstehen Sie doch, Mrs Sloane ...«

»Aber ich möchte ihn doch nur einmal sehen. Nur ein einziges Mal! Er ist doch mein Junge ...«

»Liebe Mrs Sloane, so hart das nun für Sie klingen mag, aber Frank ist nicht mehr Ihr Junge. Natürlich haben Sie ihn geboren, das steht außer Zweifel. Aber er ist es seit dem Moment nicht mehr, als Ihnen vor vielen Jahren das Sorgerecht entzogen worden ist, weil Sie ihn vernachlässigt haben. Und er ist es erst recht nicht mehr, seitdem er neue Eltern gefunden hat. Menschen, zu denen er nun *Mom und Dad* sagt, verstehen Sie? Sie kommen zu spät! So sehr ich es bedaure ...«

Das bleiche Gesicht der jungen Frau sah nun plötzlich verhärtet aus wie eine Maske. Sie hielt ihren Blick starr auf den Boden gerichtet. Ihre Kiefermuskeln waren angespannt und bewegten sich rhythmisch.

»Fahren Sie doch wieder nach Hause, liebe Mrs Sloane, und freuen Sie sich darüber, dass aus Ihrem Sohn ein netter Junge geworden ist! Und dass er eine Familie gefunden hat, die ihn liebt und die ihm alle Chancen im Leben bieten kann. Das kann man längst nicht über jedes Heimkind sagen und ...«

Noch bevor Roberta den Satz zu Ende gesprochen hatte, war Vivien Sloane aufgestanden. Sie ging eilig zur Tür, ohne den Blick vom Boden zu nehmen.

Roberta sah ihr an, dass sie intensiv nachdachte.

Die junge Frau öffnete die Tür und ging ohne Gruß hinaus auf den Korridor.

»Wie sind Sie denn überhaupt hierhergekommen? Soll ich Ihnen vielleicht ein Taxi ...«

Die Haustür fiel ins Schloss und Roberta atmete laut hörbar aus. Sie bemerkte plötzlich, dass sie schweißgebadet war. Die Sache hatte sie doch sehr gefordert und mitgenommen. Ein Gespräch wie dieses hatte sie in ihrer Laufbahn als Heimleiterin zwar schon öfter führen müssen, doch noch keines war ihr selbst so an die Nieren gegangen.

Sie sah wieder auf die Armbanduhr. In den nächsten Minuten würde der Schulbus auf dem Parkplatz ankommen, der zu *Cardington Home* gehörte.

Um Gottes willen!

Sie schickte ein Stoßgebet in den Himmel, dass der

Bus an diesem Tag Verspätung haben sollte: »Bitte! Wenigstens heute!«

Beim Gedanken daran, was passieren würde, wenn Vivien Sloane ihrem Sohn begegnen würde, brach Roberta erneut der Schweiß aus. Ihr Magen fühlte sich schon die ganze Zeit über flau an.

Sie griff in ihre Handtasche und zog das Röhrchen mit den Herztabletten heraus. Zusammen mit einem Glas Wasser nahm sie eine der rosafarbenen Pillen ein.

Dann griff sie zum Telefonhörer, um Samantha anzurufen.

Doch noch in der Bewegung hielt sie inne.

Wie sollte sie ihr das nur beibringen, wo sie sich doch schon über den weitergeleiteten Brief von Vivien Sloane so sehr aufgeregt hatte.

Nach kurzer Überlegung kam Roberta zu dem Schluss, dass es vielleicht besser wäre, wenn sie die junge Mutter nicht mit diesem Besuch behelligen würde.

»Nicht, dass sie danach dann gar nicht mehr schlafen kann oder ihr vor Schreck noch die Milch wegbleibt!«, sagte Roberta halblaut vor sich hin, um sich selbst zu beruhigen. Doch ganz wohl fühlte sie sich bei der Angelegenheit nicht.

8

Samantha verließ das Kinderzimmer durch die Verbindungstür, die zu ihrem Wohntrakt führte. Diese überschaubare, gemütliche Zimmerflucht hatten sich Michael und sie als *ihr Nest* eingerichtet, als sie auf Cardington Manor eingezogen waren.

Sie atmete tief durch. Colin war endlich eingeschlafen. Seit sie ein paar Tage zuvor von diesem Brief von Franks leiblicher Mutter erfahren hatte, fiel es ihr besonders schwer, ihren Kleinen zur Ruhe zu bringen. Die seelische Nabelschnurverbindung war einfach nicht zu leugnen, geschweige denn in Zeiten wie diesen zu unterbrechen.

Wie sie es bereits erwartet hatte, war Michael noch nicht wieder zurückgekehrt. Für ihn hörte sich die ganze Sache keinesfalls dramatisch an, da sie sich ja durch die Adoption im Recht befanden. Außerdem schien sich Samantha mit jedem Tag, der seitdem vergangen war, mehr beruhigt zu haben. Inzwischen war auch noch Michaels alter Freund Pete Sounders, den er seit dem Studium nicht mehr gesehen hatte, in das Projekt involviert. Die gemeinsame Arbeit mit Pete machte Michael nun wesentlich mehr Spaß und an den Abenden hatten die beiden Männer eine Menge über die Vergangenheit auszutauschen.

Natürlich war Samantha darüber nicht gerade begeistert, aber sie konnte es wenigstens nachvollziehen.

Was sie dagegen ziemlich wütend machte, war die Tatsache, dass Michael offenbar keinerlei Sorge verspürte, was die Angelegenheit mit dieser Vivien Sloane anging.

Er fand noch immer, dass Samantha sich in die Sache völlig unnötig, ja fast schon hysterisch hineinsteigerte.

Deswegen hatte es zwischen ihnen am Tag zuvor einen heftigen Streit am Telefon gegeben, an dessen Ende Samantha einfach aufgelegt hatte.

Kurz danach bereute sie diese impulsive Reaktion wieder, konnte Michael aber nicht mehr erreichen.

In den Momenten, in denen ihre Besorgnis und Unruhe auf Colin überzugehen schienen, fragte sie sich jedoch, ob Michael nicht vielleicht doch recht hatte.

Aber was konnte sie denn dafür, dass sie so empfand? Und was hätte sie dagegen tun können?

Die ganze Zeit beschlich sie das mulmige Gefühl, dass in Kürze etwas Schlimmes passieren würde. Genau wie damals, als sie mit Michael nach Cardington Manor gefahren war, um mit Charles wegen der Scheidung zu sprechen. Immerhin hatte sich ihre Ahnung damals bewahrheitet.

Aber um wie viel Male verletzlicher war sie zum heutigen Zeitpunkt!

Oder waren es gerade nur die Hormone, die ihrer Wahrnehmung einen Streich spielten, indem sie ihren Beschützerinstinkt verstärkten?

Samantha wusste es nicht. Aber diese Ängste waren da und ihre Vernunft war dagegen offenbar machtlos. Besonders in den Nächten, die dadurch oft schlaflos und quälend lang waren.

Samantha durchschritt den Ankleideraum, ging an ihrem aquamarinblauen Badezimmer vorbei und schloss die Schlafzimmertür hinter sich.

Jetzt einfach nur entspannen und die Gedanken zur Ruhe bringen!

Die Gelegenheit war günstig dafür, da Colin nun mindestens die nächsten drei Stunden schlafen würde.

Frank war nach dem Mittagessen zusammen mit seiner Oma Roberta und Robin hinüber ins Kinderheim gegangen. Dort wollte er mit seinen Freunden gemeinsam Schularbeiten machen. Also war auch er gut beschäftigt und versorgt. Erfahrungsgemäß würde er wohl erst am späten Nachmittag wieder zurückkehren, ebenfalls zusammen mit Roberta und dem Hündchen.

Überhaupt war es eine glückliche Fügung, dass Roberta sich gerne um Robin kümmerte. Das tat sie immer dann, wenn Frank in der Schule war und Michael sich gerade nicht auf Cardington Manor aufhielt.

Samantha öffnete die Tür zu der geräumigen Dachterrasse, auf die man sowohl vom Wohnzimmer als auch vom Schlafzimmer aus gelangen konnte. Nach zwei langen, verregneten Wochen genoss sie es sehr, dass seit ein paar Tagen die Sonne wieder schien. Am Vormittag hatte sie sich von Henderson einen komfortablen, alten Liegestuhl aus wetterfestem Holz an ihren Lieblingsplatz stellen und mit einer weichen Auflage versehen lassen. Nun endlich war der ersehnte Augenblick gekommen.

Sie angelte sich noch das Buch, in dem sie zurzeit las, von ihrem Nachttisch und wollte gerade hinausgehen, als es an der Tür klopfte.

Das darf doch jetzt nicht wahr sein!

Dem Klopfen nach war es Henderson und nach einem schlecht gelaunten »Ja, bitte?«, trat der Butler ein.

»Mrs Tomlinson, ich bin untröstlich, Sie in dieser Situation stören zu müssen, aber ich fürchte, Sie haben Besuch.«

»Besuch? Heute? Ich erwarte niemanden. Wer ist es denn?«

Noch bevor Henderson antworten konnte, schoss ihr der Name *Vivien Sloane* durch den Kopf.

Wer sollte es auch sonst sein?

Bestimmt hatte diese Frau inzwischen nicht nur herausgefunden, wohin das Waisenhaus von Lamberhurst aus hingezogen war. Wahrscheinlich hatte ihr auch noch irgendein gutmütiger Mensch verraten, wer ihren damals ausgesetzten Sohn Frank adoptiert hatte.

»Eine Miss McGregor in Begleitung«, verkündete der Butler so verhalten, wie es ihm möglich war.

Natürlich hatte er die junge Frau sofort erkannt. Sie war anlässlich des 40. Geburtstags von Lord Charles nach Cardington Manor gekommen – als Begleiterin von Lord Alistair Sinclair. Dieser Gentleman war zum damaligen Zeitpunkt allerdings bereits verheiratet gewesen und hatte einen Skandal billigend in Kauf genommen.

Und seit diesem denkwürdigen Abend war es ein Wunder, wenn ein Tag zu Ende ging und man nicht das Gesicht dieser ausgesprochenen Schönheit in den Medien gesehen hatte.

»Miss McGregor?«

Die Erleichterung darüber, dass es sich nicht um Franks Mutter handelte, die gekommen war, um ihren Jungen mitzunehmen, bescherte Samantha beinahe ein Gefühl von Freude über Hazels Besuch.

Kaum zu glauben!

»Ich habe die Herrschaften in den kleinen Salon begleitet und ihnen etwas zu trinken angeboten. Ich wusste nicht, ob Sie vielleicht noch mit Master Colin beschäftigt sind oder womöglich schon ruhen.«

Samantha überlegte einen Moment, was sie nun tun sollte. Sie könnte sich ganz einfach von Henderson entschuldigen lassen und sich auf der Dachterrasse ausruhen, so wie sie es ursprünglich geplant hatte. Ein unangemeldeter Besuch bei einer jungen Mutter barg schließlich immer ein gewisses Risiko, nicht zustande zu kommen. Und sie hatte Hazel McGregor wahrlich nicht um diesen Antrittsbesuch gebeten.

Andererseits, wenn die reuige Sünderin schon mal gekommen war, um diese leidige Angelegenheit aus der Welt zu schaffen, konnte Samantha genauso gut rasch hinuntergehen. Dann war die Sache wenigstens erledigt und man brauchte keinen weiteren Termin dafür vereinbaren.

Und sie könnte den Besuch ohne weitere Erklärungen so kurz wie möglich halten. Das gefiel ihr.

»Danke, Henderson! Das haben Sie mal wieder ausgesprochen klug gelöst«, sagte sie mit einem Lächeln.

»Richten Sie Miss McGregor bitte aus, ich käme in ein paar Minuten!«

Der Butler nickte geschmeichelt und verließ den Raum.

9

Eigentlich war es Samantha jedes Mal unangenehm, mit der scheinbar so perfekten Hazel McGregor zusammenzutreffen. Neben dieser Ausnahmeerscheinung fühlte sie sich stets wie ein unscheinbares Mauerblümchen, obwohl sie das in keinster Weise war.

Samantha war eine natürliche Schönheit. Die strahlenden Augen in ihrem hübschen Gesicht funkelten wie geschliffene Aquamarine. Ihre ebenmäßigen Züge wurden von langem dunkelblondem Haar umrahmt, das durch die Sommersonne meistens goldene Strähnen bekam.

Samantha verstand es außerdem, sich mit ein paar wenigen gekonnten Handgriffen zurechtzumachen und ihre Vorzüge geschickt zur Geltung zu bringen.

Hazel McGregor dagegen war das, was man eine Magazinschönheit nannte. Ein schillernder Paradiesvogel, ein Kunstobjekt. Auf ihrem makellosen Körper trug sie stets die neusten Produkte sämtlicher Nobelmarken aus Mode und Kosmetik zur Schau.

Sie galt als britische Stilikone und für viele Frauen war sie ein Vorbild. Fast alle jungen Mädchen Englands wollten so sein und aussehen wie Hazel McGregor. Viele ließen sich sogar das Haar lang wachsen, in Dauerwellen legen und färbten es danach dunkelrot.

Ein Hersteller von Haarfärbemitteln war rechtzeitig auf diesen Zug aufgesprungen und hatte Hazel als Werbefigur gewinnen können, um ein Tizianrot namens *Hazel* zu vermarkten.

Samantha versuchte gar nicht erst, es mit dieser ausgesprochenen Schönheit aufzunehmen. Zumindest nicht, was die äußere Erscheinung betraf.

In anderen Bereichen des Lebens war sie ihr ohnehin weit überlegen. Vor allem war sie die Ehefrau des Mannes, den Hazel McGregor sich als Favoriten auserkoren hatte.

Doch Michael hatte zu diesem Zeitpunkt bereits Samantha kennengelernt und sich in sie verliebt. Für Hazel dagegen hatte er sich nie interessiert.

Mit dieser Gewissheit als Rückenwind verließ Samantha den Wohntrakt und machte sich auf den Weg hinunter zum kleinen Salon.

Hazel McGregor saß am Rand einer sonnengelben Chaiselongue und nippte graziös an einer eleganten, hauchdünnen Teetasse. Als sie Samanthas Kommen bemerkte, sprang sie auf und begrüßte die Hausherrin mit überschwänglicher Freude.

»Oh, Samantha! Wie ich mich freue, dass Sie für uns Zeit gefunden haben!«

Ohne eine Reaktion ihres überraschten Gegenübers abzuwarten, umarmte eine strahlende Hazel Samantha, als wären sie schon immer die allerbesten Freundinnen gewesen.

Samantha verstand sofort, dass dieses Schauspiel Hazels Begleiter galt, der sich jedoch in diesem Moment gar nicht im Salon aufhielt. Er schien auf der Terrasse zu sein und ein Telefonat zu führen.

»Guten Tag, Hazel!«, sagte Samantha reserviert.

»Bitte verzeihen Sie, dass wir einfach so hereingeschneit sind, aber wir hatten ganz in der Nähe zu tun – ein Event zur Eröffnung dieser wundervollen neuen Galerie in Hastings ... Sie haben sicher schon davon gehört.«

Samantha glaubte ihr kein Wort.

Ihrer Aufmachung nach zu urteilen, war die junge Frau gerade überall gewesen, nur nicht bei einem ihrer zahlreichen öffentlichen Werbeauftritte. Die ließ sie sich nämlich ziemlich teuer bezahlen. Aber dafür musste sie auch etwas tun. Denn auch eine Hazel McGregor hatte einen Ruf zu verlieren, wenn sie nicht stets in ihrem typischen, von ihr selbst kreierten, stets ein wenig extravaganten Hazel-Stil auftrat. Und natürlich immer in sehr weiblichen Kleidern oder Röcken.

Heute dagegen sah sie aus, als hätte sie sich für einen Ausflug ins Grüne zurechtgemacht. Ohne Reporter und Rampenlicht versteht sich!

Bestenfalls für eine Fotoreportage mit dem Titel *Ein Tag auf dem Land* oder *Mein schönes Cottage*.

Sie trug Jeans und T-Shirt in einem zarten Roséton. Beides sah zwar edel und teuer aus, was es wohl auch war, doch es wirkte auf Samantha eher lässig und freizeitmäßig.

Darin und mit weit weniger Schminke, als es ihrer sonstigen Gewohnheit entsprach, sah Hazel McGregor an diesem Tag beinahe wie eine ganz normale junge Frau aus. Natürlich hübscher als der Durchschnitt – was zum Teil auch ihrer Jugend geschuldet war – aber trotzdem irgendwie normal.

Sie kocht also auch nur mit Wasser, dachte Samantha gerade, als ihr Gegenüber sie aus ihren Gedanken riss.

»... Und da dachte ich, das wäre doch eine wunderbare Gelegenheit für einen Besuch, so wie ich es Michael versprochen habe.«

»Wie Sie es ihm versprochen haben? Das ist wohl etwas übertrieben, Hazel, finden Sie nicht? Michael hat lediglich aus Freundlichkeit Ihrem Wunsch nach einem Besuch entsprochen. Ich kann mich gar nicht daran erinnern, dass er Ihnen dafür ein Versprechen abringen musste«, sagte Samantha mit einem eisigen Lächeln.

Mit so viel ungeschminkter Offenheit hatte Hazel nicht einmal im Traum gerechnet. Irritiert hielt sie nach ihrem

Begleiter Ausschau, um festzustellen, ob er diesen peinlichen Teil der Unterredung etwa mitgehört hatte.

Gott sei Dank! Er war noch draußen.

Doch die junge Frau begann sichtlich, sich unwohl zu fühlen.

Wie auf ein geheimes Stichwort ging mit einem Mal eine der Terrassentüren auf und herein kam ein bildschöner junger Mann. Er ging auf eine Weise auf die beiden Frauen zu, als würde er seinen Auftritt geradezu genießen.

»Meine liebe Samantha, darf ich Ihnen meinen Verlobten vorstellen – Timothy Browning!«

Als der Mann vor Samantha stehen blieb und ihr galant die Hand küssen wollte, fühlte sie sich einer Ohnmacht nahe.

10

Innerhalb einer einzigen Sekunde lief vor Samanthas innerem Auge ein Film ab: eine Szenerie, die sie bis zu diesem Moment vergessen hatte.
Einfach verdrängt.
Weil sie nie hätte passieren dürfen.

Es war die Feier zu Charles 40. Geburtstag und es waren sehr viele Gäste erschienen. Unter ihnen waren alte Schulfreunde von Charles, ehemalige Kommilitonen aus Oxford und auch ein paar Pferdeliebhaber, die meisten davon ebenfalls von Adel.
Samantha kannte allerdings nur die wenigsten von ihnen.
An diesem Abend goss es in Strömen. Trotz der warmen Jahreszeit hatte man deshalb in der großen Eingangshalle von Cardington Manor gedeckt. Eine lange, u-förmig angeordnete Tafel füllte den Raum. Alles war prachtvoll arrangiert und geschmückt. Sämtliche alten Kronleuchter waren zur Feier des Tages mit Kerzen bestückt worden und erhellten den Raum auf fast magische Weise.
Die Gäste trugen festliche Abendgarderobe und hatten bereits Platz genommen. Samantha und Charles saßen mitten unter ihnen.
Gleich nach dem Hauptgang erhob der Gastgeber sein Glas zu einer kurzen Dankesrede und einem anschließenden Trinkspruch.
»... und nun habe ich die Freude, Sie alle zu bitten, mit mir auf meinen Stammhalter anzustoßen, der im nächsten

Jahr das Licht der Welt erblicken wird! Meine Frau und ich sind allerbester Hoffnung!«

Freudiger Jubel entbrannte daraufhin im Saal.

Sämtliche Anwesenden sprangen begeistert auf, um Lord und Lady Cardington zu dieser wundervollen Neuigkeit zu gratulieren.

Samantha war ebenfalls abrupt aufgestanden. Aber nicht aus Begeisterung, sondern vor blankem Entsetzen.

Fassungslos starrte sie ihren Mann von der Seite an.

Das darf doch jetzt nicht wahr sein!

Sie erwartete kein Kind. Noch immer nicht.

Diese verzweifelte Ankündigung änderte nicht nur nichts an dieser Tatsache – sie setzte die junge Frau noch mehr unter Druck, als es sowieso schon Charles' Art entsprach.

Auf seine eigentümlich besitzergreifende Weise legte er dann auch noch seinen Arm um Samantha.

Sein Griff an ihrer Schulter fühlte sich für sie an, als wäre sie in einen Schraubstock eingespannt.

Dann kamen auf einmal von allen Seiten halb angetrunkene Gäste mit ihren Gläsern in der Hand auf das vermeintlich glückliche Paar zu. Alle wollten mit ihnen auf das freudige Ereignis anstoßen.

Samantha hatte plötzlich nur noch einen einzigen Impuls. *Raus hier!*

Sie löste sich unwirsch aus Charles' Umklammerung und verließ unter den überraschten Blicken der Anwesenden mit schnellen Schritten die prächtige Eingangshalle von Cardington Manor.

Gerade als sie eine der zahlreichen Sprossenfenstertüren hinter sich schließen wollte, hörte sie noch, wie im Saal mit lautstarker Beteiligung von Charles über eine mögliche Schwangerschaftsübelkeit spekuliert wurde.

Auch das noch!

Von einem der Stehtische auf der Terrasse ergriff sie

im Vorübergehen eine fast volle Flasche Champagner. Das edle Getränk war zur Begrüßung serviert worden und nun genau das Richtige, was sie in diesem Moment brauchte.

Der Regen hatte inzwischen nachgelassen. Die kalten Tropfen im Gesicht, auf dem Dekolleté und ihren nackten Armen taten Samantha gut. Sie hatten etwas spürbar Reinigendes an sich. Gerade so, als würden sie den ganzen Druck und Ballast von ihr abwaschen. Einfach herunterspülen.

Die Sorge um ihr atemberaubend schönes und sündhaft teures Abendkleid kam zu spät. Die nachtblaue Seide war wahrscheinlich bereits durch die Wasserflecken ruiniert. Daran konnte sie nun ohnehin nichts mehr ändern.

Wutschnaubend und ohne Rücksicht auf ihre hochhackigen, filigranen Abendsandaletten aus silbernem Brokat, stapfte sie hinaus in den Park und dort die matschig nassen Wege entlang.

Wie konnte Charles ihr nur so etwas antun? Noch dazu vor all diesen wildfremden Menschen!

Kannte ihr Mann sie denn überhaupt nicht? Kein kleines bisschen?

Musste er diese ohnehin schon zermürbende Situation auch noch zusätzlich belasten, indem er vor all diesen Leuten so tat, als wäre sie bereits schwanger?

Hatte er auch nur den Hauch einer Vorstellung, wie es sich anfühlte, monatelang beobachtet zu werden, als wäre man eine tickende Zeitbombe?

Samantha kannte dieses Gefühl nur zu gut, denn in dieser Stimmung lebte sie bereits seit Jahren.

Im Kreuzfeuer ihrer grollenden Gedanken ging sie immer weiter, ohne wirklich zu wissen, wohin. Aber es war ihr auch einerlei.

Vor ihr in der Dunkelheit tauchte plötzlich der alte Pavillon auf, ein verwittertes, riesiges Ding, das schon seit

Generationen zum Park von Cardington Manor gehörte.

Am Tag war diese Laube ein hübscher, verwunschener Sitzplatz für ein Teestündchen. Man saß dort auf einer steinernen Sitzbank mit Tischchen. Daneben stand ein sperriger, aber komfortabler Holzliegestuhl, in dem Samantha schon so manchen Nachmittag lesend zugebracht hatte. Die alten Gartenmöbel waren eingerahmt von verspielt geschmiedeten Eisenelementen, an denen Kletterpflanzen hochrankten. Ein durch Grünspan verfärbtes Kupferdach schützte tagsüber bei Bedarf vor Sonne.

Jetzt, in der Nacht, fand Samantha darunter Zuflucht vor einem gerade wieder einsetzenden Regenguss. Von der Festbeleuchtung des Haupthauses fiel Licht herüber und beleuchtete die nostalgische Gartenlaube, unterstützt durch ein paar Laternen der Auffahrt.

Als hätte es gar keinen Anlass gegeben, sich um diese Zeit hierher zu begeben, überkam Samantha eine kindliche Freude über ihr romantisches Versteck. Fast so, als wäre sie als junges Mädchen von ihrem Zuhause durchgebrannt und hätte wider Erwarten einen Unterschlupf gefunden.

Endlich allein und abseits von gesellschaftlichen Lügen!

Sie wählte sich den breiten Liegestuhl als Sitzplatz, weil er auf der trockenen, der Wetterfront abgekehrten Seite des Pavillons stand. Dann trank sie den Champagner. Erst einen winzigen Schluck, der eine wohlige Wärme in ihrem Körper entfachte. Dann gierig wie eine Verdurstende in der Wüste, die eine Oase entdeckt hatte. Das feinperlig sprudelnde Getränk lief ihr die Kehle hinunter und spülte ihr dabei den Kummer buchstäblich fort. Je mehr sie davon trank, desto mehr Durst bekam sie.

Ein aufkommender Wind ließ Samantha plötzlich in ihrem weit ausgeschnittenen Kleid frösteln. Er blies ein paar Regenwolken davon und legte einen ziemlich großen

Sommervollmond frei. Was für ein bezaubernder Anblick vor dem tiefschwarzen Nachthimmel!

Sie lehnte sich zurück und genoss das himmlische Schauspiel. Wundervoller als hier im Park von Cardington Manor konnte es für sie an keinem anderen Ort der Welt sein. Vor allem in dieser Nacht. Das war nun genau das Richtige, um die Zeit zu vergessen. Und den Grund, weshalb sie sich überhaupt an diesem späten Abend hier aufhielt.

Nach einer Weile hörte sie ein leises Knacken.

Sie setzte sich wieder aufrecht hin und stellte die inzwischen fast leere Flasche laut vernehmbar auf den Steintisch. Irritiert drehte sie sich in die Richtung, aus der das Geräusch gekommen war.

Würde Charles sie nun holen kommen oder hatte sie sich das nur eingebildet?

Betrunken genug dafür war sie längst.

11

Aus der Dunkelheit tauchte plötzlich ein bildschöner junger Mann auf. Er trug einen Smoking und kam lächelnd näher.

Auf Samantha wirkte er wie ein makelloser Engel, der gerade vom Himmel gefallen war. Sie konnte ihn nur völlig überwältigt anstarren, weil er aussah, wie ein bekannter Filmschauspieler, über den sie kürzlich beim Friseur in einer Zeitschrift gelesen hatte.

Aber das kann doch gar nicht sein!

Sie überlegte, kam aber erst nicht auf seinen Namen.

Dann fiel er ihr ein.

Dieser Mann sah aus wie *Keanu Reeves* in seinen frühen Filmen.

»Was macht denn der auf Cardington Manor!«, flüsterte sie beinahe unhörbar und lächelte verwundert.

War er es wirklich oder spielte ihr nur ihr vernebelter Geist einen Streich?

»Ach, hier sind Sie, Lady Cardington! Ich hatte schon Angst, ich würde Sie in diesem riesigen Park nicht finden. Und dann noch die Dunkelheit«, sagte der Fremde und trat in den schützenden Unterstand.

Durch das Mondlicht schimmerte sein fast schulterlanges, regennasses Haar in einem tiefen Blauschwarz.

»Darf ich mich zu Ihnen setzen?«, fragte er eher rhetorisch.

Noch bevor Samantha in ihrem Rauschzustand über eine Antwort überhaupt nachdenken konnte, hatte er bereits direkt neben ihr auf dem Liegestuhl Platz genommen.

»Sie sind ja völlig durchnässt«, sagte er, und zog sein Jackett aus, um es Samantha um die Schultern zu legen.

Dabei stieg ihr ein köstlicher, männlicher Duft aus dem Kleidungsstück in die Nase. Sie spürte die warme Wohltat auf ihrem feuchtkalten Rücken. Und sie spürte noch etwas anderes: den Alkohol in ihrem Kopf, den sie in dieser Menge nicht gewohnt war, und der sich durch ein leichtes Schwindelgefühl bemerkbar machte.

Sie lehnte sich vorsichtig wieder auf die Liege zurück.

»Abgesehen davon, dass ich Sie in diesem Kinofilm gesehen habe – sind wir uns denn schon einmal begegnet?«

Sie konnte sich nicht an ihn erinnern.

»Ja, heute Abend – aber zum allerersten Mal«, sagte der junge Mann und lachte.

»Und das leider auch nur flüchtig. Ich habe mich ein wenig verspätet und so konnten wir einander nicht vorgestellt werden. Timothy Browning ist mein Name, Mylady!«

Er deutete im Sitzen eine Verbeugung an.

»Dann sind Sie es also nicht, dieser ...«

»Bedaure!« Er lächelte geschmeichelt, denn er wusste genau, mit wem sie ihn verwechselt hatte.

Samantha musterte ihn.

»Und Sie sind ein Freund von Charles?«, fragte sie, verwundert über den Altersunterschied, da sie den jungen Mann höchstens auf Ende zwanzig schätzte, ein paar Jahre jünger, als sie selbst war.

»Nicht direkt. Mein Vater, Anthony Browning, ist mit Ihrem Mann wohl schon länger bekannt. Sie teilen die Leidenschaft für Pferde. Und der eigentliche Gast heute Abend ist mein Vater. Aber leider war er in letzter Sekunde verhindert und hat mich gebeten, seinem Freund das Geschenk zu überreichen. Und Charles, ich meine, Ihr Gatte, hat dann darauf bestanden, dass ich als Stellvertreter meines Vaters doch bleiben sollte.«

»Ich verstehe ... Aber warum sind Sie mir bis hierher gefolgt, wenn Sie mich gar nicht kennen?«

»Sagen wir ... aus Interesse. Sie sind mir sofort beim Betreten des Festsaales aufgefallen und ich habe Sie beobachtet ... den ganzen Abend lang. Ich habe gespürt, dass es Ihnen nicht gut geht ... und als Ihr Mann dann auch noch ...«

Er schüttelte den Kopf.

»Ich habe mir Sorgen um Sie gemacht, als Sie plötzlich ganz allein in die Nacht hinausgelaufen sind, während diese Leute da drin nur dämliches Zeug von sich gegeben haben. Keiner hat sich gefragt, wie Sie sich gerade fühlen und ...«

»Sie müssen verrückt sein«, unterbrach ihn Samantha lachend und nahm noch einen Schluck von dem Champagner.

»Nein. Ich bin nicht verrückt.«

Timothy Browning berührte Samanthas Kinn sanft mit einer Hand. Den anderen Arm legte er neben ihren Kopf auf die Rückenlehne und beugte sich etwas zu ihr hinunter. Er drehte ihr Gesicht zu sich herum, sodass sie ihm direkt in die Augen sehen musste. Glühend und zärtlich zugleich sah er sie an, als wäre er trunken vor Liebe.

»Aber dein Mann verdient dich gar nicht«, sagte er und näherte sich mit seinem Mund ihren halb geöffneten Lippen.

»Er weiß gar nicht, was für ein Juwel er an dir hat.«

Dann gab er ihr einen flüchtigen Kuss.

»Was erlauben Sie sich?«, fragte Samantha, ohne jedoch auch nur einen Zentimeter auf Abstand zu gehen.

Sie sah ihn nur völlig überrascht an.

Statt einer Antwort küsste Timothy Browning sie erneut auf die gleiche sanfte Weise. Und dann noch einmal.

Und wieder blickte sie ihn nur erstaunt an. Der Champagner war sein Komplize.

Seine Augen funkelten im Mondlicht, dunkel und geheimnisvoll.

»Du bist gar nicht schwanger, nicht wahr? Und schon gar nicht von ihm.«

Er schob eine Hand unter ihre Taille und zog Samantha zu sich heran. Dabei rutschte sein Jackett von ihren Schultern.

Aber Samantha war nun ohnehin nicht mehr kalt.

»Hören Sie auf«, flüsterte sie wenig überzeugend, während sich ihr Blick immer weiter in seinem verlor.

Die Art, wie er sie so selbstverständlich packte und festhielt, fühlte sich gut für sie an, so männlich und fordernd. Kaum zu glauben, dass sie sich keine halbe Stunde zuvor noch Charles' Griff entzogen hatte.

»Sie müssen wirklich verrückt sein«, hauchte sie schwach und machte die Augen zu, als würde sie dadurch Widerstand leisten können.

Samantha spürte seinen sinnlichen Atem auf ihren Lippen. Sein Geruch, vermischt mit seinem Aftershave, berauschte sie noch mehr, als es der Alkohol allein schon vermocht hatte.

Der Fremde betrachtete sich Samanthas Gesicht so eingehend, als würde er sich ihre Züge für immer einprägen wollen.

Verwundert sah sie ihn dabei an und bemerkte die Faszination in seinem Blick.

Plötzlich berührte er mit einer sanften Bewegung seiner Zunge ihren geschlossenen Mund, worauf dieser sich wie von selbst öffnete, begleitet von einem leisen Seufzen.

Ein wohliger Schauer durchzog Samanthas Körper. Sie schloss ihre Augen erneut und erwartete voller Erregung, was nun folgen würde.

Timothy Browning legte nun seine Lippen vollständig

und sanft auf ihren Mund und drang behutsam in sie ein. Zunächst ganz zart, als wäre es nur ein unschuldiges Spiel aus einer Champagnerlaune heraus. So unbekümmert, wie Kinder miteinander spielen.

Samantha ließ sich entzückt darauf ein und erwiderte den Kuss auf die gleiche Weise. Timothys Zärtlichkeit fühlte sich an wie reinster, honigsüßer Trost für ihr verletztes Herz. Als würde in ihrem Leben nun alles wieder gut werden.

»Du bezauberst mich so sehr«, sagte er nach einer Weile leise und löste seine Lippen kurz von ihren, um sie gleich darauf erneut zu küssen.

Samantha hielt ihre Augen weiter geschlossen und genoss diesen köstlichen Augenblick.

Zu diesem Zeitpunkt war sie nur noch reine Erwartung all dessen, was als Nächstes auf sie zukommen würde.

Alles andere war vergessen. Nichts existierte mehr.

Nichts außer diesen traumhaften Küssen.

Im Laufe der wachsenden Vertrautheit wurde Timothys Zunge immer fester und fordernder und das Spiel verlor allmählich seine Unschuld.

Samantha begriff trotz des Alkohols in ihrem Blut, dass dieser Mann sie gerade nahm. Mit aller Leidenschaft.

Zwar auf einer anderen, scheinbar harmlosen Ebene, aber das spielte keine Rolle. Sie wusste, sie war mit diesem Wildfremden bereits intim. Es fühlte sich für sie genauso an. Und es waren herrliche Gefühle, die dabei zum Vorschein kamen. Herrlicher, als sie es je zusammen mit Charles erlebt hätte. Ob sie vielleicht deshalb kein schlechtes Gewissen hatte?

Bitte niemals wieder aufhören, flehte sie im Stillen.

»Ich weiß, du brauchst jemanden, der dich richtig lustvoll liebt«, flüsterte ihr Timothy Browning mit heißem Atem ins Ohr. »Dann hättest du auch schon längst ein Baby!«

Dagegen wollte sie protestieren, doch seine Zunge glitt nun ihren Hals entlang hinab und Samantha seufzte laut.

Eine Welle von nie gekannter Lust durchströmte ihren Körper.

Der fremde Mann streifte ihr die Träger des Abendkleides von den Schultern und sie ließ es einfach geschehen. Dann bewegte er seinen Mund in die Richtung ihres Dekolletés. Er entblößte dabei ihre Brüste und betrachtete erregt die sanften Rundungen, die unwirklich hell im Mondlicht schimmerten.

»Sag mir, ob du es willst ... ob ich weitermachen soll.«

Durch den seidigen Stoff des Kleides hindurch streichelte er langsam über ihre Hüfte und ihre Beine. Und als wäre es das Selbstverständlichste der Welt, legte er seine Hand mit etwas Druck schließlich zwischen ihre Schenkel.

Samanthas Rumpf bog sich vor Lust und sie stöhnte auf. Es fühlte sich einfach nur wundervoll an! Längst war sie nicht mehr Herrin ihrer Sinne und Entscheidungen.

»Los, sag es!«, forderte Timothy atemlos. »Ich könnte dir ein Kind machen. Wer weiß? Vielleicht jetzt sofort. Und ich verspreche dir, es wird dir gefallen.«

Er lachte kurz auf. »Du wirst gar nichts anderes mehr wollen, ich bin sicher.«

Samantha sagte zwar noch immer kein Wort, aber ihr Körper sprach eine unmissverständliche Sprache, auf die dieser Mann meisterhaft einzugehen verstand.

Er griff zur Champagnerflasche und nahm den letzten Schluck daraus in den Mund. Damit küsste er sie erneut.

Noch inniger. Noch drängender.

Samantha erwiderte das Spiel seiner Zunge nun mit dem gleichen Feuer. Ihre Münder schienen wie füreinander geschaffen zu sein.

Timothy begann dabei, rhythmisch seine Hand zu bewegen, die noch immer zwischen Samanthas Beinen lag, und erhöhte den Druck seiner Finger. Nur noch der hauchdünne, kostbare Seidenstoff, der sich inzwischen feucht anfühlte, trennte ihn vom Ziel seiner Begierde.

Samantha bäumte sich auf wie von Sinnen. Sie war nur noch reines Verlangen.

»Niemand würde es je erfahren, dass es mein Kind ist – niemand! Hörst du? Das wäre dann unser süßes Geheimnis!«

Er legte sich neben sie auf den Liegestuhl und küsste ihre Lippen zum wohl hundertsten Mal.

»Ich muss es hören ... Aus deinem so süßen ... unwiderstehlichen Mund – jetzt sofort!«, flehte er sie an.

Samantha wusste, dass sie keinen Widerstand mehr würde entgegensetzen können. Und das wollte sie auch nicht mehr. Sie war längst reif – reif von diesem fremden Mann genommen zu werden. Und das nicht nur beim Küssen. Ausgerechnet hier im Pavillon von Cardington Manor und ausgerechnet während der Geburtstagsfeier ihres Ehemannes.

Und ungeachtet jeglicher Folgen, die diese Affäre nach sich ziehen würde.

Schließlich stieß sie ein befreites »Ja!« hervor und gab nun endlich ihre letzte Zurückhaltung auf. Der Damm war gebrochen.

»Ja, ich will dich so sehr!«, schrie sie beinahe in die dunkle Nacht hinaus. Dann begann sie erstmals, seinen Körper mit ihren Händen zu erkunden.

Was sie dabei ertastete, gefiel ihr – gefiel ihr sogar sehr. Sie genoss das Spiel seiner jugendlich straffen Fasern und Muskeln, die sie durch den feinen Batist des Smokinghemdes hindurch spüren konnte.

Timothy hatte sich inzwischen auf einen Arm gestützt und lag nun zur Hälfte über Samantha. Sie mochte es, wie dabei sein kräftiger Oberarm neben ihrem Kopf wie eine Säule aufragte, so männlich und stark.

Mit der freien Hand schob er den Stoff des Abendkleides hoch und streichelte die Innenseiten ihrer nackten Schenkel.

Zitternd vor Erregung klammerte sich Samantha einen Moment lang an Timothys angespannten Bizeps und konnte dabei seine ganze Kraft spüren. Dann ließ sie ihre Hände behutsam nach unten gleiten, bis sie seine pochende Männlichkeit durch den Stoff der eleganten Smokinghose hindurch fühlen konnte. In diesem Moment wurde sie von einer solch hemmungslosen Leidenschaft ergriffen, dass sie fürchtete, den Verstand zu verlieren.

Sie hatte nur noch einen Wunsch: mit diesem fremden Mann zu schlafen, der mit ihrem Körper so meisterhaft zu spielen wusste wie ein Virtuose auf seiner Stradivari. Und wenn es ihr allerletzter Wunsch in diesem Leben wäre.

»Timothy! Was ist bloß in dich gefahren?«

Samantha hörte eine Männerstimme, die sie nicht kannte. Sie kam aus dem Gebüsch ganz in der Nähe.

Samantha erstarrte.

»Was tust du denn hier? Du solltest doch im Wagen warten!«, zischte es über ihrem Kopf in diese Richtung zurück.

»Und du wolltest sofort wieder zum Wagen zurückkommen, nachdem du ihn vor seinen Gästen bloßgestellt hast!«

Die fremde Stimme war inzwischen schon ganz nah.

»Lass mich doch! Ich werde jetzt vielleicht gleich Cardingtons wertvollste Stute schwängern, wer weiß! Möchtest du mir dabei zusehen?«

»Was meinst du denn damit?«, ertönte es nun direkt neben ihrer Liebeslaube.

»Na, hier wird gerade dringend ein guter Hengst gebraucht! Seine Lordschaft selbst bringt es nämlich nicht!«

Timothy Browning lachte zynisch auf.

»Vielleicht hat er ja deshalb eine so große Schwäche für unsere Deckhengste!«

Samantha fühlte sich wie versteinert. Ein eisiger Schauer hatte sie überzogen. Sie war nicht fähig, sich zu bewegen und konnte Timothy nur völlig entsetzt anstarren.

»Hör auf damit, Tim! Seine Frau kann doch nichts dafür!«

»Die Frau ist mir doch auch völlig egal! Du weißt genau, dass ich das nur für dich tue, Dad – dich rächen, weil dich dieser feine Lord Charles mit seiner grenzenlosen Gier an den Rand des Ruins getrieben hat!«

Timothy Browning ließ abrupt von Samantha ab und ihr Kopf war mit einem Schlag wie nüchtern.

»Was sagen Sie da?«, rief sie völlig in Rage.

»Sie haben sich in voller Absicht an mich herangemacht, um sich an meinem Mann zu rächen?«

Samantha sprang auf und presste ihre Arme schützend um ihre entblößten Brüste.

»Was hat er Ihnen denn getan, Sie ... Sie ... Sie Teufel?«

Timothy war ebenfalls aufgestanden und stopfte sich sein Hemd zurück in die Hose.

»Ihr feiner Herr Gemahl hat meinen Vater bei einem Geschäft auf so hinterhältige Weise in die Enge getrieben, dass er seinen besten Zuchthengst an ihn verkaufen musste, um nicht alles zu verlieren!«, sagte er verbittert.

»*Black Velvet Unicorn* hat meinem Vater alles bedeutet – alles! Verstehen Sie? Und nun gewinnt Ihr Mann jedes Jahr ein Vermögen mit ihm!«

»*Black Velvet* ... Das Ganze nur wegen eines Pferdes?«

Samantha blickte ungläubig und fassungslos zwischen den beiden Männern hin und her.

»Nur wegen eines Pferdes!«, höhnte Timothys Vater, dessen Gesicht Samantha im Gegenlicht des Mondes noch immer nicht erkennen konnte.

»Er war meine Existenz und ich habe ihn geliebt ... liebe ihn immer noch«, schloss er traurig und wandte sich dann an seinen Sohn: »Komm jetzt mit, Tim! Das war keine gute Idee.«

»Nichts für ungut, Lady Cardington! Aber ich bin sicher, wir beide hätten eine Menge Spaß miteinander gehabt«, sagte Timothy zum Abschied.

Er nahm sein Jackett, das inzwischen auf dem Boden lag, zog es wieder an und folgte seinem aufgebrachten Vater in die Dunkelheit.

Außer sich vor Wut starrte Samantha den beiden nach.

Das kann doch jetzt nicht wirklich passiert sein!

Sie spürte deutlich, dass sie noch völlig aufgewühlt war von Timothys Annäherungen. Nicht nur, dass ihre Schenkel zitterten – jede Faser ihres Körpers war reines Verlangen nach diesem Mann.

Und auch das machte sie wütend.

Dieser Timothy Browning hatte ihre Situation nur ausgenutzt, um Charles bluten zu lassen!

Samantha wusste nicht, ob sie darüber mehr entsetzt sein sollte oder über die Tatsache, dass sie ihrem Ehemann beinahe untreu geworden wäre.

Oder war sie bereits in dem Moment untreu geworden, als sie sich auf diese himmlischen Küsse eingelassen hatte? Hatte sie sich bereits etwas vorzuwerfen?

Und ein weiterer Gedanke schoss ihr in den Kopf und ließ sich nicht mehr verdrängen: Wenn Timothys Vater nicht dazwischen gekommen wäre, hätte sie wahrscheinlich nie die Wahrheit über diesen Komplott gegen Charles erfahren.

Aber womöglich wäre sie jetzt schwanger und ihre unsäglichen Qualen hätten ein Ende.

12

Hazel McGregors Begleiter deutete einen Handkuss an und Samantha kehrte augenblicklich in die Gegenwart zurück.

»Guten Tag, Mrs Tomlinson! Bitte verzeihen Sie diesen spontanen Überfall! Wie schön, dass Sie sich trotzdem die Zeit genommen haben, uns zu empfangen!«

Samantha blickte den Mann erbost an, ohne seinen Gruß auch nur mit einem einzigen Wort zu erwidern.

So viel Dreistigkeit hatte sie sprachlos gemacht.

»Ich sehe, Sie erinnern sich an unsere kleine Begegnung«, sagte Timothy Browning mit einem geheimnisvollen Lächeln.

Er war noch immer eine blendende Erscheinung und wirkte keinesfalls unsympathisch, wie Samantha gehofft hatte. Sie sah an einem genießerischen Zug um seinen Mund, dass er sich gerade ebenfalls ihr Tête-à-Tête im Park ins Gedächtnis gerufen hatte. Seine Augen waren auch bei Tageslicht schwarz. Sie glitzerten, als er fortfuhr:

»Das war schon wirklich ein ganz bezaubernder Abend und ich habe ihn sehr ...«

»Ist das nicht toll?«, fiel ihm Hazel ins Wort, »Wir haben uns alle drei an diesem Abend kennengelernt?«

»Ja. Überaus toll«, sagte Samantha tonlos, ohne ihren böse funkelnden Blick von Timothy Browning zu nehmen. »Was für eine Bereicherung für mein Leben!«

»Und ausgerechnet am 40. Geburtstag von Lord Cardington!«, schwärmte Hazel weiter.

Samanthas Reserviertheit bemerkte sie in ihrer Begeisterung gar nicht.

»Also wenn mir damals jemand gesagt hätte, ich würde an diesem Abend meinen zukünftigen Ehemann kennenlernen – ich hätte ihm kein Wort geglaubt! Wer auch immer für die Tischordnung verantwortlich gewesen ist und Timothy und mich nebeneinandergesetzt hat ...«

In diesem Moment erklang eine schrille Melodie und die junge Frau zog ihr Telefon aus der Handtasche.

»Oh, diesen Anruf muss ich leider entgegennehmen«, sagte sie nach einem Blick auf die Anzeige.

»Es ist beruflich – Sie verzeihen?«

Nun war sie es, die den Salon verließ, um auf der Terrasse zu telefonieren.

»Sie wagen es auch noch, hierherzukommen! So eine Impertinenz habe ich wirklich noch nie erlebt!«, rief Samantha im selben Moment, als sich die gläserne Tür hinter Hazel schloss. Kopfschüttelnd stand sie da und musterte den jungen Mann fassungslos.

»Das war auch nicht meine Idee, wie Sie sich sicher vorstellen können. Bitte verzeihen Sie mir, Lady Cardington ... äh, ich meine natürlich, Mrs Tomlinson. Ich ...«

»Haben Sie Hazel davon erzählt, unter welchen Umständen wir uns damals kennengelernt haben?«

»Nein, natürlich nicht! Sie hat sich nur gewundert, dass ich an diesem Abend so plötzlich verschwunden bin, ohne mich von ihr zu verabschieden. Ich habe noch niemandem davon erzählt und ...«

»Gut. Wenn Hazel wieder hereinkommt, dann fällt Ihnen ein triftiger Grund ein, weshalb Sie sich beide sofort verabschieden müssen. Ein sehr triftiger Grund! Haben wir uns verstanden? Sonst wird *Lord Cardingtons wertvollste Stute* Sie hinauswerfen lassen und das könnte ... sagen wir ... ein wenig unromantisch werden für das junge Glück.«

»Aber das würde Hazel doch sicher komisch vorkommen und es gäbe einen Riesenskandal, wenn sie den wahren Grund dafür erfährt!«

»Das ist nicht mein Problem!« Samantha zuckte lächelnd mit den Schultern. »Lassen Sie sich etwas einfallen, sonst ...«

»Das wagen Sie nicht ...«

»Lassen Sie es doch einfach darauf ankommen!«

Sie setzte seinen feurigen Augen ihren eisigen Blick entgegen.

»Aber Sie würden damit womöglich Hazels Glück zerstören!«

»Oje! Sie haben recht, das wäre ja wirklich unverzeihlich!«, sagte sie gespielt bedauernd und fuhr danach in kaltem Tonfall fort: »Glauben Sie mir, so zartbesaitet ist unsere gute Hazel nicht. Und sie selbst ist übrigens kein bisschen zimperlich, wenn es darum geht, das Glück anderer Menschen zu zerstören.«

»Das können Sie doch nicht riskieren wollen! Immerhin sind Sie doch befreundet und ...«

»Befreundet? Mit Hazel McGregor?«

Samantha lachte laut auf.

»Da habe ich wirklich nichts zu verlieren, glauben Sie mir! Und Sie sollten es lieber gar nicht erst riskieren – wo Hazel und Sie doch so gut zusammenpassen! Verschwinden Sie einfach so schnell wie möglich und kommen Sie künftig nie wieder in meine Nähe!«

»Ich kann ja verstehen, dass Sie böse auf mich sind, aber ich freue mich wirklich, Sie endlich wiederzusehen nach dieser langen Zeit. Das sind jetzt fast drei Jahre ... Ich habe so oft an Sie gedacht und mich gefragt, wie es Ihnen wohl geht. Und ob Sie es mir sehr übel genommen haben ... oder vielleicht sogar verziehen und ...«

»Ach ja? Wirklich? Sie haben an mich gedacht?«

Samantha prustete und schüttelte schon wieder den Kopf. »Haben Sie in dieser Nacht nicht sogar zu Ihrem Vater gesagt, dass ich Ihnen völlig egal bin, oder so ähnlich? Wie passt denn das jetzt zusammen?«

»Das habe ich doch nur so zu meinem Vater gesagt! Ich konnte ihm doch schlecht erzählen, dass ...«

Er stockte.

»Dass was?«, fragte sie herausfordernd.

»Ich gebe zu, anfangs habe ich mich nur an Lord Cardington rächen wollen, aber dann ...«

»Was, aber dann?« Sie blickte ihn entgeistert an. »Wahrscheinlich tischen Sie mir jetzt gleich noch auf, Sie hätten sich in dieser Nacht unsterblich in mich verliebt!«

»Ich habe mir seit dieser Zeit oft vorgestellt, was gewesen wäre, wenn mein Vater uns damals nicht gestört hätte und ...«

»Ja, da hätten Sie Ihren Spaß gehabt, nicht wahr?«

Sie schnaubte verächtlich und verschränkte die Arme vor der Brust.

»Das meine ich jetzt nicht ... Aber abgesehen davon hätten Sie garantiert auch Ihren Spaß gehabt, da bin ich mir noch immer ganz sicher.«

Die genüssliche Art, wie er sie dabei aus seinen schwarzen Augen ansah, machte Samantha nervös.

»Sie haben mich auch so schon genug vorgeführt! Finden Sie nicht? Das reicht Ihnen wohl nicht!«

»Es hat einfach perfekt mit uns gepasst – haben Sie das etwa nicht gespürt? So etwas gibt es nicht so oft. Sie haben mich jedenfalls unglaublich fasziniert in dieser Nacht, wissen Sie das eigentlich?«

»Eine betrunkene Frau in einer misslichen Lage hat Sie fasziniert! Das glaube ich sofort! So eine leichte Beute haben Sie wahrscheinlich noch nie gehabt!«

Sie lachte spöttisch.

»Ach was! Allein Ihr Duft, Ihre Ausstrahlung, Ihre ganze Art ... Sie sind eine so sinnliche Frau, Samantha ... das müssen Sie doch gespürt haben, dass ich ...«

Er sah sie nachdenklich an und fragte dann unvermittelt: »Haben Sie sich wirklich nie gefragt, was gewesen wäre, wenn ich Ihnen in dieser Nacht tatsächlich ein Kind gemacht hätte?«

»Nein, wirklich nicht!«

Das war gelogen. Am selben Abend noch, als sie wieder allein im Pavillon gewesen war, hatte sie sogar sehr intensiv über diese Möglichkeit nachgedacht.

Aber das sollte dieser Mann auf keinen Fall erfahren.

»Dann hätten wir jetzt ein gemeinsames Kind und hätten uns wahrscheinlich auch öfter gesehen. Lord Cardington würde wahrscheinlich noch leben und ...«

»Jetzt hören Sie doch auf, so zu tun, als wären wir *Romeo und Julia*! Romantische Hirngespinste sind hier wirklich fehl am Platz, Mr Browning! Oder glauben Sie wirklich, dass es für eine verheiratete Frau erstrebenswert ist, auf diese Weise schwanger zu werden? Noch dazu von einem Mann Ihres Charakters? Machen Sie sich doch nicht lächerlich!«

»Ein Mann meines Charakters! Als wüssten Sie irgendetwas über mich!«

Sein Blick war härter geworden und Timothy wirkte verletzt.

Das versetzte ihr einen Stich. Samantha hielt den Atem an. Sie fand, dass er in diesem Moment geradezu unwiderstehlich aussah. Am liebsten hätte sie ihm über die Wange gestrichen.

Im selben Moment hasste sie sich dafür.

»Glauben Sie im Ernst, Sie hätten nach diesem demütigenden Abgang einen guten Eindruck auf mich hinterlassen? Das Ganze war doch sogar so absurd, dass ich in all den Jahren kein einziges Mal mehr daran gedacht habe. Schon am nächsten Morgen habe ich unsere Begegnung für Einbildung oder für einen bösen Traum gehalten. Bis ich Sie vorhin wiedergesehen habe. Da kam alles wieder hoch und ...«

Dann stockte sie. Sie wusste einfach nicht, was sie noch sagen konnte, um diesem Irrsinn ein Ende zu bereiten. Außerdem musste sie sich eingestehen, dass ihre Gefühle ihr einen Strich durch die Rechnung machten.
»Ach, so ist das ...«
Timothys Stimme klang traurig.
»Ich dagegen habe sehr oft an Sie gedacht und ich hätte Sie so unglaublich gerne schon bei unserer ersten Begegnung glücklich gemacht.«
Zärtlich nahm er ihre Hand und sie entriss sie ihm im selben Augenblick wieder. Mit bebender Stimme sagte sie: »Mr Browning, Sie sprechen mit einer verheirateten Frau!«
Doch von diesem formalen Hinderungsgrund ließ sich der heißblütige junge Mann auch dieses Mal nicht beeindrucken: »Das ist mir durchaus bekannt. Ich habe in der Zeitung von Ihrer Heirat gelesen und auch die Geburtsanzeige gesehen. Sie ahnen nicht, wie oft ich meinen Vater dafür verflucht habe, dass er uns in dieser Nacht unterbrochen hat und ich Ihnen kein Kind habe machen können! Ich habe doch ganz deutlich gespürt, wie schlecht es Ihnen an dem Abend gegangen ist«, sagte er mit einem Anflug von Sehnsucht, ja, Schmerz in der Stimme.
Sein Gesicht war nun ganz dicht vor ihrem.
Schon wieder konnte sie seinen Atem spüren und es war ihr auch dieses Mal leider nicht unangenehm.
»Wie Sie also wissen, habe ich bereits ein Kind, beziehungsweise zwei! Ihre zweifelsohne segensreichen Dienste werden hier also nicht benötigt!«
»Ich weiß, aber ...«
Das klackernde Geräusch von Hazels Absätzen näherte sich der Terrassentür.
»... alles, was ich mir von dir wünsche, ist, dass du ebenfalls an mich denkst ...«

Sie zischte ihn an: »Halten Sie jetzt endlich den Mund!«

»... und dafür würde ich alles tun. Alles!«, sagte er in dem gleichen eindringlichen Tonfall, an den sie sich erst wenige Minuten zuvor erinnert hatte.

»Sei doch endlich still!«, flehte sie.

»Ich werde schon dafür sorgen, dass du mich nicht vergisst und mich ...«

Dann verstummte er unversehens, als die Terrassentür geöffnet wurde, hielt seine glühenden Augen jedoch weiter unverhohlen auf Samantha gerichtet.

Hazel kam aufgeregt hereinstolziert und strahlte überglücklich.

»Bitte verzeihen Sie, dass ich so lange telefoniert habe, aber das war wahrscheinlich gerade eines der wichtigsten Gespräche meines Lebens ... oh, mein Gott ...«

Timothy Browning warf Samantha einen letzten leidenschaftlichen Blick zu, bevor er sagte: »Das klingt ja nach wunderbaren Neuigkeiten! Wer war es denn, mein Schatz?«

»Ich kann es immer noch nicht glauben – stellen Sie sich vor, das war die Herausgeberin der französischen *Vogue*. Sie möchten eine Reportage über mich bringen – schon in drei Monaten! Ist das nicht wundervoll?«

»Ja, ganz wundervoll«, sagte Samantha trocken, die Arme noch immer vor der Brust verschränkt. Unbewusst demonstrierte sie noch mehr Distanz, indem sie instinktiv einen weiteren Schritt zurückging.

»Das musst du mir gleich alles ganz ausführlich im Wagen erzählen, Liebling!«

Timothy nahm seine künftige Verlobte am Arm und dirigierte sie zielstrebig in die Richtung Tür.

»Aber wieso denn im Wagen?« Hazel blickte irritiert zwischen ihm und Samantha hin und her.

»Wir haben Mrs Tomlinson nun schon viel zu lange

aufgehalten. Sie muss jetzt dringend wieder nach oben, um nach ihrem Baby zu sehen.«

»Oh! Ja ... natürlich. Bitte entschuldigen Sie, Samantha! In diesen Dingen bin ich noch etwas unaufmerksam.«

Nach einem Seitenblick auf den Mann ihrer Begierde ergänzte sie mit einem schelmischen Ausdruck: »Aber ich bin mir sicher, das wird sich schon bald ändern.«

Dieser harmlose Satz der jungen Braut bescherte Samantha einen kräftigen Hieb in den Magen, worüber sie sich ärgerte.

Das kann mir doch völlig egal sein!

Timothy Browning lächelte seine Verlobte geschmeichelt an, doch sah er dabei aus, als wäre ihm übel.

Hazel griff in ihre roséfarbene Handtasche und zog einen silberfarbenen Umschlag heraus.

»Das wollte ich Ihnen noch geben, Samantha. Timothy und ich würden uns sehr freuen, wenn wir Sie und Michael zu unserer Verlobungsfeier einladen dürften!«

Samantha nahm das Kuvert überrascht entgegen und bedankte sich knapp, aber höflich bei beiden.

Hazel drehte sich zufrieden lächelnd um und ging in Richtung der Tür, die zur Halle führte.

Timothy ergriff in diesem Moment Samanthas Hand, um sich von ihr zu verabschieden. Aber diesmal war es nicht nur ein angedeuteter Handkuss, den er ihr rein formell gab: Diesmal drückte er ihr einen richtigen Kuss auf. Und noch einen.

Samantha erschauderte, als sie schon wieder die leicht saugende Berührung seiner weichen Lippen spürte, an die sie sich noch viel zu gut erinnern konnte.

Dann ließ dieser Mann auch noch seine Zunge über ihren Handrücken gleiten und hielt ihre Hand viel länger fest, als es erforderlich gewesen wäre.

Beinahe hätte Samantha dabei leise aufgeschrien, so sehr erregte sie diese unverschämte Geste.

Stattdessen entzog sie ihm ihre Hand abrupt und vermied es, dabei noch einmal seinem Blick zu begegnen.

Er sollte ihr nicht ansehen, was er schon wieder angerichtet hatte.

Sie folgte Hazel, die bereits in der Halle angekommen war.

»Und grüßen Sie bitte Michael von uns«, sagte Hazel noch. »Ich freue mich wirklich sehr darüber, dass wir uns wiedergesehen haben, meine liebe Samantha, und dass nun nichts mehr zwischen uns steht!«

»Auf Wiedersehen, Hazel! Nach meinem Eindruck haben Sie mit ihrem zukünftigen Verlobten wirklich eine exzellente Wahl getroffen! Sie beide passen für mein Empfinden ausgesprochen gut zusammen!«, sagte Samantha, als sie die Halle verließen.

Wenngleich diese letzten Sätze anders gemeint gewesen waren, hatte Samantha Hazel damit restlos glücklich gemacht. Strahlend schwebte die künftige Braut durch die Eingangshalle hinaus in die Sommersonne.

Ihr Verlobter folgte ihr und wirkte dabei wie ein geprügelter Hund.

Ein paar Minuten später fuhr ein dunkelgrüner *Morgan* mit Timothy Browning am Steuer mit durchdrehenden Reifen die Auffahrt entlang und verließ schließlich Cardington Manor.

13

Samantha zitterte am ganzen Körper. Ermattet ließ sie sich auf die kleine gelbe Chaiselongue des Salons fallen. Sie goss sich ein Glas Sherry ein, der in einer geschliffenen Kristallkaraffe auf einem Beistelltisch stand, und leerte es in einem Zug.

Dieser Besuch hatte sie mehr aufgewühlt, als sie es je für möglich gehalten hätte. Vor allem, weil sie jetzt ganz sicher wusste, dass jene berauschte, lückenreiche Nacht im Park von Cardington Manor tatsächlich stattgefunden hatte.

Vielmehr war es inzwischen keine lückenreiche Nacht mehr. Die Lücken hatten sich gefüllt. Sämtliche. Und dichter, als es ihr lieb war.

Warum nur konnte dieser Timothy Browning sie so sehr aufregen? Diese peinliche Angelegenheit war doch nun schon so lange her!

Samantha vermutete, dass es an der unglaublichen Dreistigkeit dieses Mannes lag, hier einfach wieder aufzukreuzen, nach allem, was zwischen ihnen vorgefallen war.

Und dieser unverschämt intensive Blick, mit dem er sie jedes Mal ansah! So als würde er lichterloh in Flammen stehen.

Aber seine energische Leidenschaftlichkeit hatte für Samantha auch etwas Rührendes an sich. Beim Gedanken an den glühenden Blick seiner dunklen Augen und die Hitzigkeit seiner Rede wurde ihr so flau im Magen, dass es beinahe schmerzte.

Nachdem dieses Gefühl eine ganze Weile angehalten

hatte, musste sie sich eingestehen, dass sie noch immer ein eigentümliches Verlangen nach diesem fremden Mann hatte. Eine Art schmerzende Sehnsucht.

Die Ereignisse in jener Nacht vor drei Jahren zogen noch einmal wie ein Film vor ihrem inneren Auge vorbei. Unwillkürlich verweilten Samanthas Gedanken besonders lange bei der Art und Weise, wie Timothy Browning sie im Pavillon berührt und verführt hatte. Dabei spürte sie ein wohliges Gefühl, das von ihrem ganzen Körper Besitz ergriff und einfach nicht mehr vergehen wollte.

Dieser verführerische Teufel!

Nach so langer Zeit! Und obwohl sie mit Michael doch so glücklich war. Wie hatte das nur passieren können?

Bitte, lieber Gott, mach, dass ich diesen Mann nie wiedersehen muss!

Sie stürzte noch ein weiteres Glas Sherry hinunter. Danach verließ sie den Empfangssalon so hastig, als könnte sie die letzte halbe Stunde damit ungeschehen machen.

Als sie kurze Zeit später oben in ihrer Wohnung stand, fühlte sie sich ein wenig besser. Wenn sie nun einfach dort anknüpfen würde, wo sie unterbrochen worden war, als Henderson sie über Hazels Ankunft informiert hatte, dann wäre es vielleicht so, als hätte dieser Besuch nie stattgefunden.

Ihr Buch hatte sie zuvor wieder auf den Nachttisch zurückgelegt, und so nahm sie es erneut in die Hand und öffnete die Tür zur Dachterrasse.

In dem Moment, als sie hinaustrat, füllten sich ihre Lungen mit der sauberen Luft des herrlichen Parks, der sie umgab. Ein leichter Wind fuhr durch die Bäume und ließ das angewelkte Laub rascheln.

Ganz bewusst atmete sie ein paarmal ein und aus. Dabei hatte sie das Gefühl, sich zu reinigen und zu befreien. Jetzt nur noch ein kurzer Moment und sie würde wieder in die fiktive Welt ihrer Lektüre abtauchen und könnte alles um sich herum vergessen.

Sie durchquerte die Terrasse und ging auf ihren Lieblingsplatz zu.

Als ihr Blick auf den komfortablen, alten Holzliegestuhl fiel, erstarrte sie jedoch.

Hatte nicht genau so ein Gartenmöbel in jener Nacht im Pavillon gestanden?

Und war es nicht sogar das gleiche Modell gewesen, auf dem sie beinahe mit Timothy Browning geschlafen hätte?

Die Bilder waren in ihren Kopf zurückgekehrt und sie fühlte eine Gänsehaut an ihrem Hals und einen Trommelwirbel im Magen.

Nach den Ereignissen der letzten Stunde konnte sie sich unmöglich noch einmal auf diese Liege legen und sich darin ausruhen, als wäre nichts gewesen.

Sie überlegte einen Moment. Man könnte Henderson bitten, den Stuhl austauschen zu lassen, unter dem Vorwand, dass sie darin Rückenschmerzen bekam.

Ja, das wäre am unauffälligsten!

Dann müsste sie es auch nicht Michael erklären.

Michael! O Gott!

Sollte sie ihrem Mann überhaupt von dieser uralten Geschichte erzählen? Es betraf ihn doch eigentlich nicht.

Damals hatte sie auch nicht mit Charles darüber gesprochen. Kein einziges Wort.

In jener Nacht hatte sie wie in Trance den Pavillon und den Park hinter sich gelassen. Über einen Nebeneingang war sie dann völlig unbehelligt ins Haus zurückgekehrt. Ab diesem Augenblick, in dem sie wieder Charles' Nähe gespürt und sogleich eine reflexartige innerliche Abwehrhaltung eingenommen hatte, war das Geschehen dieser Nacht aus ihrem Bewusstsein verschwunden.

Über einen Personalgang war sie unauffällig nach oben gelangt, während in der Halle noch lautstark gefeiert worden war. Sie hätte es nicht ertragen, Charles an diesem Abend noch einmal sehen zu müssen. Es hätte auch überhaupt keinen Sinn gehabt, mit ihm über das Fest und seine unglaubliche Eröffnung zu sprechen.

Sie verließ die Terrasse über den Zugang zum Wohnzimmer, setzte sich dort auf die Couch und schlug das Buch auf. An der Stelle, in der das silberne Lesezeichen mit dem Aquamarin-Anhänger steckte, begann sie zu lesen. Doch so sehr sie sich auch bemühte, ihre Gedanken hatten eigene Pläne. Sie kreisten unaufhörlich um diese ominöse Nacht im Park, dann wieder um das Gespräch mit Timothy Browning und der ahnungslosen Hazel.

Zeitgleich spürte Samantha eine geradezu aufreizende Empfindung. Bei der geringsten Erinnerung an die Berührungen dieses fremden Mannes ergriff eine unglaubliche Erregung von ihrem Körper Besitz.

Als jungverheiratete Ehefrau war sie davon gleichermaßen schockiert wie irritiert. Zumal dieses Gefühl auch noch anhielt.

Was machte sie eigentlich so sicher, dass diese Sache Michael inzwischen nicht doch betraf? Sie hatte sich zwar nichts zu Schulden kommen lassen. Wenigstens nicht in Taten. *Aber diese Gedanken ...*

Es war auch keinesfalls so, dass sie bewusst von der Nacht mit Timothy Browning träumte. Diese sinnlichen Bilder drängten sich wie von selbst in ihren Kopf und lösten unwillkürlich ein unbeschreibliches Verlangen aus. Kein Verlangen nach Sex wie sie es sonst kannte, wenn sie eine erotische Szene gelesen oder in einem Film gesehen hatte.

Samantha hatte Verlangen nach Sex mit Timothy.

Sie fühlte sich wie verhext und sie hasste dieses Ge-

fühl. *Ich möchte meinen Seelenfrieden zurückhaben!*
Aber sie musste diese Sache einfach für sich behalten.
Was sollte sie auch zu Michael sagen?

Etwa: »Schatz, ich habe leidenschaftliche Bilder von einem anderen Mann in meinem Kopf, und diese Bilder lösen eine heftige Lust in mir aus. Warum das so ist, weiß ich auch nicht. Aber mach dir bitte keine Sorgen, er heiratet ja sowieso bald Hazel McGregor und außerdem werde ich ihn niemals wiedersehen«?

Nein. Die Wahrheit zu sagen, war unmöglich.

Und Michael hatte es schließlich auch nicht verdient, dass sie ihm damit wehtat. Außerdem war sie sich sicher, dass diese Gefühle ohnehin wieder vergehen würden. Es war wahrscheinlich nur eine Frage der Zeit, bis sich die Angelegenheit von alleine erledigt haben würde.

Aus den Augen, aus dem Sinn.

Sie fand, sie hatte gar keine andere Wahl, als diese alte Geschichte vor ihrem Mann zu verheimlichen, um ihn vor unnötigem Schmerz zu bewahren.

Aber konnte sie das überhaupt vor Michael geheim halten? Veränderte dieser Vorfall und ihr Empfinden darüber nicht auch ihr ganzes Benehmen, ihre Ausstrahlung?

Noch bei ihrem Telefonat am Vormittag hatte sie Michael herbeigesehnt. Auch wegen der Angelegenheit mit Franks Mutter.

Überhaupt war sie in der letzten Zeit öfters ein wenig unzufrieden gewesen. Michael nahm doch inzwischen viel mehr Aufträge außerhalb von Cardington Manor an, als er es zu Beginn ihrer Ehe vorgehabt und angekündigt hatte. Er war dadurch öfters über Nacht außer Haus. Sie fühlte sich dann manchmal von ihm alleingelassen mit allem.

Im Moment war sie allerdings sogar froh darüber, dass er am Abend nicht nach Hause kommen würde, und sie schämte sich gleichzeitig dafür.

Das ist doch eine verkehrte Welt!
Oder war ihr dieser gefühlsmäßige Ausrutscher nur deshalb passiert, *weil* Michael sie so oft und so lange alleine ließ?
Als sie sich gerade für diese Ursache erwärmen wollte, erklang ein paar Räume entfernt heftiges Babygeschrei.
»Colin!«, rief sie entsetzt und sprang auf.
»Mein Gott! Jetzt habe ich doch glatt wegen dieses ganzen Irrsinns meinen Kleinen vergessen! Was bin ich nur für eine Mutter!«
Sie durchquerte mit eiligen Schritten die Räume der Suite und öffnete die Tür des Kinderzimmers.
»Ich komme schon, mein Schatz!«
Die handgeschnitzte alte Wiege mit dem purpurnen Schleier bewegte sich bereits heftig.
Mit Tränen in den Augen nahm sie ihr lauthals weinendes Baby auf den Arm und drückte es an ihr Herz.
Gerade als sie es sich mit dem Kleinen in dem eigens zum Stillen bereitgestellten Sessel bequem machen wollte, erinnerte sie sich daran, dass sie ja vorhin im Salon zwei Gläser Sherry getrunken hatte.
Sie knöpfte ihre Bluse wieder zu und rief in der Küche an, damit Rose ein Milchfläschchen zurechtmachen sollte.
In dem Moment, als sich ihr Söhnchen in ihrer Gegenwart beruhigte, verschwand der fremde Mann aus ihren Gedanken und er sollte es schwer haben, wieder hineinzukommen.

14

Der nächste Tag fühlte sich herbstlich an. Für Anfang September war es kühl und an diesem Mittag war deutlich zu spüren, dass die Sonne bereits an Kraft verloren hatte.

Samantha schlug den Kragen ihrer Wachsjacke hoch und schloss ihre Arme schützend um ihr Baby, das im Tragegurt saß.

In der Nacht hatte Colin öfters geschrien und sie hatte ihn schließlich mit ins halb leere Ehebett genommen, um nicht dauernd aufstehen zu müssen.

Wurde er krank, ihr Kleiner? Das wäre das erste Mal, seit er auf der Welt war.

Sie fühlte sich wie gerädert. So wie man sich eben fühlte, wenn man jede Stunde geweckt worden war und Mühe gehabt hatte, danach wieder einzuschlafen.

Die gute Roberta hatte sich nach einer Nachricht von Samantha am Morgen um Frank gekümmert und dafür gesorgt, dass der Junge pünktlich den Schulbus erwischt hatte. Und das Hündchen hatte sie auch gleich mitgenommen.

Wie gut, dass Franks neue Großmutter sich nach Robins Anschaffung angeboten hatte, den Welpen zu versorgen, solange sein Herrchen in der Schule und Michael ebenfalls verhindert war.

An einem Tag wie diesem fragte sich Samantha, wie sie das alles ohne Roberta nur schaffen sollte. Aber das musste sie ja zum Glück nicht.

Vom Weg aus sah sie, dass der Schulbus bereits auf dem Parkplatz stand, der zum Waisenhaus gehörte. Da

Rose an diesem Tag freihatte, wollte Samantha gemeinsam mit Roberta, Frank und den Kindern im Heim etwas zu Mittag essen.

Als sie das Kinderhaus betrat, herrschte lautes Durcheinander im Flur: hastig auf Haken gehängte Jacken, umhergekickte Schuhe, hingeworfene Schulranzen, untermalt von ausgelassenem Lachen und Scherzen.

Trotz ihrer Erschöpfung vermochte dieses Szenario Samantha ein Lächeln aufs Gesicht zu zaubern. Sie liebte diesen Moment, wenn die Schulkinder nach Hause kamen. Sie meinte dann immer zu spüren, dass sie glücklich waren: Die Erleichterung darüber, dass für diesen Tag die Schule aus war, vermischt mit Hunger auf das Mittagessen, dessen vielversprechender Duft sie bereits beim Betreten des Kinderheims empfing.

Die meisten von ihnen stürmten jedoch gleich hinaus in den Garten, um vor dem Essen noch ein bisschen Fußball zu spielen.

Selbst wenn das Waisenhaus keine richtige Familie für die Kinder war, so bot es ihnen doch ein Zuhause, in dem sie aufgefangen wurden und geborgen waren. Hier herrschte ebenfalls eine Atmosphäre von Gemeinschaft und gegenseitigem Respekt. Wie in einer guten Familie.

Samantha bahnte sich einen Weg durch das Chaos hindurch. Da sie ihren Frank noch nirgends entdecken konnte, steuerte sie zuerst Robertas Zimmer an, um noch ein paar Worte mit ihr zu wechseln.

Das Büro war jedoch leer, nur Robin schlief auf seinem kleinen Hundekissen. Weit entfernt konnte Roberta um diese Zeit aber nicht sein.

Die alte Dame stand in der geräumigen Küche und rührte in einem überdimensionalen Kochtopf, als Samantha hereinkam und sie auf die Wange küsste.

»Na, meine Liebe? Alles klar bei euch?«, fragte Samantha, erfüllt von einem zärtlichen Gefühl für ihre mütterliche Freundin.

»Danke, alles bestens! Ich hoffe, bei euch auch!«, erwiderte Roberta mit einem leuchtenden Lächeln.

»Ja, danke! Das Übliche eben.« Sie deutete mit dem Kinn auf Colin. »Ich weiß manchmal wirklich nicht, was ich ohne dich machen würde.«

Roberta winkte mit einem Kopfschütteln ab.

Ihre Wangen schimmerten an diesem Tag außergewöhnlich rosig, was Samantha zunächst mit der dampfenden Wärme in der Küche in Verbindung brachte.

Sie betrachtete die alte Dame zweifelnd von der Seite und bekam langsam eine Ahnung dessen, was dieses eigentümliche Strahlen ausgelöst haben könnte.

So unbeteiligt, wie es ihr möglich war, fragte sie deshalb: »Gibt es sonst irgendetwas, das du mir vielleicht erzählen möchtest? Eine brisante Neuigkeit vielleicht?«

Roberta rührte jetzt noch eifriger im Essen herum, als es nötig gewesen wäre. Sie war nun errötet und wagte nicht aufzusehen, doch Samantha konnte erkennen, dass sie glücklich lächelte. Sie knuffte sie zärtlich in die Seite.

»Na, komm schon! Raus mit der Sprache, sonst erstickst du noch an deinem Glück!«

»Ja, ich glaube, wenn man wirklich vor Glück ersticken kann, dann bin ich kurz davor.«

»Erzähl schon!«

»Was könnte ich dir denn erzählen, was du nicht eh schon längst weißt?«

»Ja – hat er nun oder hat er nicht?«

»Wenn du meinst, ob Richard mich gefragt hat, ob ich ihn an seinem nächsten freien Nachmittag begleiten würde ... ja, das hat er.« Sie strahlte.

»Richard!« Samantha staunte und hatte nicht länger das Gefühl, den beiden frisch verliebten Turteltäubchen auf die Sprünge helfen zu müssen.

»Ich hatte nicht einmal eine Ahnung, dass er *Richard* heißt. Vielmehr hatte ich nie darüber nachgedacht, dass er auch noch einen Vornamen haben musste – was natürlich Unsinn ist. Für mich war er immer nur Henderson, die gute Seele von Berufs wegen.«

»Ja, das ist er!« Roberta seufzte und das Strahlen in ihrem Gesicht wurde fast greifbar.

Dann sah sie Samantha eindringlich an. »Aber weißt du, ich habe andererseits auch solche Angst!«

»Aber wovor denn, meine Liebe? Was könnte dir denn geschehen?«

»Ach ... du hättest mal hören sollen, wie er mich eingeladen hat! Solch einen vollendeten Antrag habe ich in meinem ganzen Leben weder in einem Roman gelesen, noch in einem Film gesehen – geschweige denn erlebt!«

»Aber das ist doch wundervoll! Ich freue mich so sehr für dich, Roberta! Das hast du wirklich verdient!«

»Verstehst du mich denn nicht, Liebes? Dieser feine Mann hat so untadelige Manieren – ich komme mir neben ihm vor wie ... wie eine Bäuerin.« Sie hatte nun einen verzweifelten Ausdruck in den Augen.

»Aber was ist denn das nun für ein Unsinn? Also, meine liebe Freundin Roberta Gilchrist würde in so einer Situation zu mir sagen: *Papperlapapp, Kindchen!*«

Da musste die alte Dame lachen und Samantha fuhr fort: »Wer hat denn in all den vielen Jahren all diesen vielen Kindern Manieren und Anstand beigebracht? Das warst doch wohl du, oder nicht?«

»Ja, schon, aber ...«

»Siehst du! Deswegen möchte ich so etwas nicht noch einmal von dir hören, meine Liebe! Ich lasse nichts auf dich kommen! Henderson mag sich vielleicht formvollendeter benehmen können als wir alle zusammen, aber das gleichst du in Sachen Lebenserfahrung und Praxis allemal wieder aus.«

»Wenn du meinst ...«

»Ja, das meine ich! Und jetzt wird kein Wort mehr darüber verloren! Freu dich lieber! Was gibt es heute zu essen?«

»Irish Stew. Hast du zufällig mitbekommen, ob die Großen schon beim Händewaschen waren? Das Essen ist nämlich schon so weit.«

»Ich fürchte, die lassen gerade noch draußen ein wenig Dampf ab. Soll ich sie rein holen?«

»Nein, lass sie sich noch ein bisschen austoben. Das werden sie schon nötig haben. Umso ruhiger geht es nachher zu!«, antwortete die erfahrene Kinderschwester lachend und mit einem Augenzwinkern.

Als sie Samantha jedoch eingehender betrachtete, verschwand die Heiterkeit aus ihrem Blick.

»Ist wirklich alles in Ordnung bei dir? Du gefällst mir heute gar nicht!«

Sie bugsierte die junge Mutter aus der Küche hinaus in Richtung des Büros, wo gemütliche Stühle warteten.

»Ich gefalle mir heute selbst nicht ... Ob alles in Ordnung ist? ... Ich weiß nicht. Ich glaube, der Kleine brütet irgendwas aus. Vielleicht bilde ich mir das auch nur ein.«

»Konntest du heute Morgen wenigstens noch ein bisschen schlafen, nachdem Frank und ich weg waren?«, fragte Roberta, als sie Platz nahmen.

»Nein. Nicht wirklich. Ich fühle mich, als hätte ich die ganze Nacht in einem Steinbruch gearbeitet. Aber noch mal danke für deine spontane Rettung, meine Liebe!«

»Nichts zu danken! Jetzt gehe ich selbst mal nach den Kindern schauen. Möchtest du Colin in der Zwischenzeit in eines der Bettchen legen? Martha könnte sich doch solange um ihn kümmern, damit du wenigstens in Ruhe essen kannst.«

Roberta griff nach der unruhigen winzigen Hand, die aus dem Tragegurt herausragte, und drückte einen Kuss darauf. »Na, du kleiner Quälgeist? Jetzt wird aber mal Ruhe gegeben!« Dann half sie Samantha dabei, den Gurt zu öffnen, und nahm den Kleinen heraus, der die Äugelein vor Überraschung weit aufriss.

»Na, du bist ja schon ein richtig schwerer Brocken!«

Und mit einem Seitenblick auf seine bleiche Mama sagte sie: »Weißt du was, mein Engel? Wir beide gehen jetzt mal nachsehen, was die gute Martha gerade macht. Dann hat deine Mami noch ein paar Minuten für sich, bevor es Essen gibt. Vielleicht finden wir ja wieder diese hübsche Spieluhr, die dir so gut gefällt, und ...«

Dankbar sah Samantha den beiden nach, als Roberta die Tür hinter sich schloss. Sie blieb mit einem Gefühl absoluter Leere und Erschöpfung zurück.

Als sie nach einer Weile das Büro verließ, hörte sie das Summen fröhlicher, aufgeweckter Stimmen, das aus der Richtung des Speisesaals kam. Bevor sie sich dorthin begab, suchte sie noch rasch den Waschraum auf, um sich ein wenig frisch zu machen.

»Guten Tag, liebe Kinder!«

Mit einem freundlichen Lächeln betrat Samantha den großen Raum und hielt gleichzeitig nach Frank Ausschau, den sie vorhin im Trubel gar nicht bemerkt hatte.

Doch Frank war nirgendwo zu sehen und sein Platz war leer.

Roberta befüllte gerade Trinkgläser mit Wasser aus einem großen, gläsernen Krug.

»Nanu! Wo ist denn Frank?«, fragte Samantha.

»Ich dachte, er wäre bei dir«, sagte Roberta, ohne von ihrer Tätigkeit aufzusehen.

»Bei mir? Nein.«

»Komisch! Er rennt doch sonst immer als Erstes ins Büro, um nach seinem Hündchen zu sehen.«

»Robin schläft noch immer tief und fest in seinem

Körbchen.«

»Und auf dem Gang davor war er auch nicht?«

»Ich bin aus dem Büro direkt in den Waschraum nebenan gegangen. Da hätte ich ihn auf jeden Fall sehen müssen.«

»Vielleicht sucht er dich gerade.«

»Oder er hat sich versteckt, der Schlingel.«

Samantha ging noch einmal zurück und sah in jeden Raum hinein, auch in der oberen Etage.

Doch Frank war nicht da.

Sie rief mehrmals seinen Namen, doch es kam keine Reaktion.

»Bestimmt sitzt er längst unten bei seinen Freunden und lacht sich über seine besorgte Mutter kaputt!«, sagte sie halblaut vor sich hin. Sie lächelte über sich selbst und ging wieder hinunter.

Doch im Speisesaal war Frank auch nicht und sein Platz war noch immer leer.

Samantha blieb wie angewurzelt an der Schwelle stehen.

»Da seid ihr ja endlich? Dann setzt euch jetzt mal!«, sagte Roberta geschäftig, während sie schier unzählige tiefe Teller mit *Irish Stew* füllte und an helfende Kinder zum Verteilen übergab.

Samantha starrte sie an. »Er ist nicht da.«

»Was soll das heißen, *er ist nicht da*?« Roberta lachte. »Weit kann er ja wohl nicht sein!«

Sie gab sich erheitert, doch in Wahrheit rasten die Gedanken in ihrem Kopf nur so umher. *Ausgerechnet!*

Hatte das irgendetwas mit dem vermaledeiten Besuch dieser Frau zu tun, den sie vor Samantha noch immer geheim hielt?

»Kinder, raus mit der Sprache! Wo ist Frank?«

Die Kinder wussten nichts darauf zu antworten. Sie

blickten Roberta nur mit großen Augen an.

»Na los! Wer hat ihn versteckt oder weiß, wo er sich versteckt hat?«

Wieder kam keine Reaktion.

»Vielleicht ist er noch draußen beim Fußballspielen?«

Roberta wandte sich um und sah verzweifelt hinaus.

Sämtliche Blicke richteten sich ebenfalls zum Fenster. Ein paar von Franks Kameraden liefen eifrig hin und drückten ihre Nasen an die Scheiben.

Der Spielplatz war leer. Nicht einmal eine Schaukel bewegte sich.

»Kinder, das ist jetzt kein Spaß mehr!«, rief Samantha, die noch immer an der Schwelle zum Speisesaal stand. Sie hatte beide Hände in die Seiten gestützt und sah streng von einem Kind zum anderen.

Doch keines von ihnen kicherte, wie es sonst bei so einer Gelegenheit der Fall war. Sie sahen einander nur verwundert an, als würden sie erst in diesem Moment bemerkt haben, dass Frank nicht unter ihnen war.

»Also?«, setzte Samantha nach.

»Vielleicht isser ja noch in der Schule und versteckt sich dort«, sagte ein Mädchen im Kindergartenalter.

Samantha wandte sich daraufhin an die Schulkinder, die mit dem Bus aus Rye gekommen waren: »War Frank denn nicht mit euch im Bus? Hat ihn jemand während der Fahrt gesehen?«

Einer nach dem anderen schüttelte den Kopf.

»Kann es sein, dass er den Bus verpasst hat?«

»Das wäre aber ganz schön komisch«, sagte ein dunkelhaariger Junge namens Henry, der erst seit Kurzem im Waisenhaus lebte und mit Frank in dieselbe Klasse ging.

»Frank sitzt doch gleich neben der Klassenzimmertür, weil er so als Erster hinauslaufen kann, wenn es läutet, hat er mir erzählt. Und meistens steht er schon an der Bushaltestelle, wenn ich dort ankomme. Ich sitze nämlich ganz hinten in der letzten Reihe in der Ecke, wissen Sie?«

»Das ist interessant, Henry, danke! Und stand Frank heute wieder an der Bushaltestelle, als du dort ankamst?«

Henry wurde aus Verlegenheit rot und stammelte: »Nein ... Heute musste ich noch mal zurück ins Klassenzimmer, weil ich etwas unter der Bank vergessen hatte ... mein Lesebuch ... ich soll doch lesen üben, weil ich es noch nicht so gut kann und ...«

Einige der anderen Schulkinder begannen zu tuscheln und zu lachen, woraufhin sie sich sofort einen funkelnden Blick von Samantha einfingen.

»... und als ich dann an der Bushaltestelle angekommen bin, waren alle anderen schon eingestiegen und haben über mich gelacht. Ich musste dann ganz vorne sitzen, weil hinten kein Platz mehr war ... Ich kann nicht sagen, ob Frank schon drin war. Gesehen habe ich ihn jedenfalls nicht.«

»Danke, Henry!«

Sie wandte sich den anderen Schulkindern zu.

»Bitte erinnert euch! Hat jemand von euch Frank im Bus gesehen?«

Nachdem wieder nur Kopfschütteln zurückkam, stand sie auf und sagte zu Roberta: »Ich rufe jetzt in der Schule an. Fangt bitte ohne mich zu essen an!«

Mit eiligen Schritten ging sie ins Büro und wählte die Nummer der Grundschule in Rye.

Eine gefühlte Ewigkeit lang war der Anschluss besetzt.

»Ausgerechnet!« Samantha versuchte es immer wieder vergeblich, bis sie schließlich völlig entnervt auflegte.

Sie zwang sich daraufhin, ruhig durchzuatmen und positive Gedanken zu denken. Da regte sich in ihr die leise Hoffnung, dass die Schulleitung ihrerseits gerade versuchte, sie zu erreichen, um ihr mitzuteilen, dass Frank wohlbehalten in der Schule auf sie wartete, weil er aus irgendeinem Grund den Bus verpasst hatte.

Bestimmt, so muss es sein!
Doch es kam keine Benachrichtigung. Und auch auf ihrem Mobiltelefon war keine Nachricht eingegangen.
Als sie es noch einmal versuchte, war endlich das Freizeichen zu hören.
Die Sekretärin der Schulleitung nahm ihren Anruf entgegen, eine freundliche junge Frau mit blondem, kinnlangen Haar und strahlend hellblauen Augen.
»Es tut mir sehr leid, Mrs Tomlinson, aber hier ist bestimmt kein überzähliges Kind mehr. Alle sind schon abgeholt worden oder mit dem Bus nach Hause gefahren.«
»Aber das kann doch gar nicht sein! Sind Sie wirklich ganz sicher, Miss Treadwell?«
»Also unser Direktor, Mr Peacock, ist vor ungefähr zwanzig Minuten gegangen. Und wenn er beim Verlassen des Schulgebäudes noch irgendwo ein Kind findet, das nicht abgeholt wurde, dann bringt er es zu mir nach oben ins Sekretariat, damit ich die Eltern verständige. Und da er das bis jetzt nicht getan hat, gehe ich jetzt einfach mal davon aus, dass ...«
»Aber dann müsste Frank doch hier auf Cardington Manor sein, aber hier ist er nie angekommen! Das ist bis jetzt noch nie vorgekommen, dass ...«
Samanthas Stimme überschlug sich und sie unterdrückte mühsam Tränen.
Nach der vergangenen, annähernd schlaflosen Nacht, war das Fehlen eines Kindes – noch dazu ihres eigenen Sohnes – mehr, als sie jetzt verkraften konnte.
»Bitte regen Sie sich doch nicht auf, Mrs Tomlinson! Bei uns ist noch nie ein Schüler verschwunden. Bis jetzt haben sich solche Fälle immer schon nach kurzer Zeit in Wohlgefallen aufgelöst, Sie werden sehen!« Die freundliche, zuversichtliche Art von Janice Treadwell tat Samantha gut. Tatsächlich konnte sie sich ein wenig beruhigen.

»Wahrscheinlich haben Sie recht ... Ich bin nur gerade ziemlich mit den Nerven fertig ... Aber wo könnte Frank denn sein? So viele Möglichkeiten auf dem Weg zwischen dem Klassenzimmer, dem Schulbus und seinem Zuhause gibt es doch nicht!«

»Mrs Tomlinson, wäre es Ihnen vielleicht möglich, innerhalb der nächsten Stunde hierherzukommen? Ich würde in der Zwischenzeit unseren Hausmeister verständigen und persönlich mit ihm gemeinsam das gesamte Schulgebäude und auch das Außengelände absuchen. Wenn Frank nicht bei Ihnen angekommen ist, dann muss er ja hier noch irgendwo stecken und dann könnten Sie ihn gleich mit nach Hause nehmen.«

»Ja, Sie haben recht! Ich werde sofort losfahren. Und um ganz sicher zu gehen, dass er nicht doch irgendwo hier steckt, werde ich auf Cardington Manor ebenfalls eine gründliche Suche veranlassen. Die anderen Kinder können sich nämlich nicht daran erinnern, ob er nun mit ihnen ihm Bus war oder nicht. Und irgendwo muss Frank ja schließlich sein!«

Obwohl sie dadurch noch keinen Schritt weitergekommen war, fühlte sich Samantha nun deutlich besser.

Sie ging wieder hinüber in den Speisesaal und beantwortete Robertas sorgenvollen Blick: »In der Schule ist Frank auch nicht, aber jetzt wird dort nach ihm gesucht. Ich fahre jetzt sofort nach Rye, dann bin ich gleich vor Ort, wenn er gefunden wird.«

Sie musterte die Kinder, die noch immer betreten dreinblickten. Manche von ihnen stocherten lustlos in ihrem Essen herum. Von ihnen schien wirklich keines etwas zu wissen.

»Ja, fahr nach Rye, meine Liebe! Und mach dir keine Sorgen wegen Colin! Auf den passen wir schon auf, nicht wahr, Kinder?«

»Ja!«, ertönte es im Chor. »Und auch auf Robin!«

»Das ist fein!«, sagte Samantha. Und an Roberta gewandt: »Und tut mir bitte noch einen Gefallen: Wenn ihr gegessen habt, bitte sucht nach Frank! Überall! Hier im Haus, auf dem Spielplatz, im Park, und falls ihr ihn findet, ruft mich an, ja?«

»Selbstverständlich! Das machen wir. Wir suchen gleich alle zusammen nach Frank.«

»Ach, und Roberta, bitte gib noch Henderson Bescheid. Er soll mit dem ganzen Personal das Wohnhaus durchsuchen.«

»Ja, natürlich! Ich rufe jetzt auch sofort in den Stallungen an, damit die dort suchen und uns Verstärkung herüberschicken«, sagte Roberta, die nun das Gefühl hatte, eine große Faust würde in ihrem Magen stecken.

An essen war ohnehin nicht mehr zu denken. Und das glückliche Strahlen in ihrem Gesicht war endgültig verflogen.

Hoffentlich habe ich keinen Fehler gemacht!
Plötzlich war nichts mehr wie zuvor.

15

Kurz bevor sie Rye erreichte, klingelte Samanthas Telefon. Es war Michael.

Während der ganzen Fahrt hatte sie überlegt, ob sie ihn verständigen sollte und sich dann aber dagegen entschieden. Warum sollte sie ihn unnötig aufregen, wenn sich die Angelegenheit sowieso bald aufgeklärt haben würde? Und hinterher konnte sie ihm schließlich immer noch davon erzählen.

»Hallo, meine Süße! Wie geht es Dir? Und was machen unsere prächtigen Kinder?«

»Hallo, mein Schatz!«

Sie bemühte sich, nicht hysterisch oder weinerlich zu klingen, doch das misslang gründlich.

Und Michael kannte seine Frau.

»Ist bei Euch alles in Ordnung?«

Sie schluckte den Kloß in ihrem Hals hinunter, um nicht gleich loszuweinen.

»Warte, ich fahre mal eben an den Straßenrand.«

»Wieso, was ist denn passiert, Liebling?«

Sie stellte den Motor ab.

»Michael – Frank ist heute nicht nach Hause gekommen! Wahrscheinlich hat er ja nur den Bus verpasst, aber ich weiß nicht warum, und ich mache mir solche Sorgen um ihn. Gerade bin ich auf dem Weg zu seiner Schule, bin nur noch 500 Meter entfernt. Ich kann nur hoffen, dass die ihn inzwischen gefunden haben, sonst weiß ich nicht, was ich tun soll«, sprudelte es unter Tränen aus ihr heraus.

Michael schluckte.

»Also da wäre ich im Moment auch überfragt.«

Ihm waren durch die große Entfernung im Augenblick die Hände gebunden. Alles, was er gerade tun konnte, war seine Frau zu beruhigen und zu trösten. Das war nicht viel.

»Aber bestimmt hat ihn inzwischen jemand gefunden und er erzählt gerade grinsend von seinem Abenteuer.«

»Womöglich hast du recht ... Aber wenn nicht?«

»Dann ruf mich bitte sofort an und ich komme umgehend nach Hause!«

»Mach ich! Drück mir die Daumen!«

»So fest ich kann!«

Samantha bog in den fast leeren Parkplatz vor der Schule ein. In einer Ecke stand rote MINI Cooper der Sekretärin. Auf dem reservierten Platz direkt neben der Eingangstür zum Schulgebäude parkte eine große, schwarze Limousine. Darin saß der Direktor der Grundschule und telefonierte.

Samantha stellte den Wagen ab und eilte mit klopfendem Herzen auf das Gebäude zu.

Als Mr Peacock sie kommen sah, beendete er sein Gespräch und stieg aus. »Guten Tag, Mrs Tomlinson! Als Miss Treadwell mich verständigt hat, bin ich natürlich sofort losgefahren und ...«

»Was heißt denn das? Wurde Frank inzwischen gefunden?«, unterbrach sie ihn überreizt und ohne seinen Gruß zu erwidern.

»Ich fürchte nein – ich bedaure.«

Sie wollte schon an ihm vorbeilaufen, als sie innehielt und den Direktor verzweifelt ansah.

»Aber was soll ich denn jetzt nur machen?«

Ihre Augen füllten sich mit Tränen und ihre Stimme wurde weinerlich. »Was macht man denn in einem solchen Fall für gewöhnlich?«

Sie fürchtete, ihre Beine würden gleich unter ihr nachgeben, so als wäre sie einer Ohnmacht nahe. Und genauso fühlte sie sich in dieser Situation: ohnmächtig.

Wenn Michael nur bei mir wäre!

Mr Peacock bemerkte ihren geschwächten Zustand und legte schützend einen Arm um sie.

»Kommen Sie doch erst einmal mit in mein Büro, liebe Mrs Tomlinson. Dort steht ein bequemer Sessel und Miss Treadwell wird uns einen guten Kaffee machen. Und dann überlegen wir gemeinsam, was zu tun ist.«

Widerstandslos ließ sich Samantha ins Schulgebäude führen. Auch wenn es nicht der Wirklichkeit entsprach, die souveräne Art des Direktors gab ihr das Gefühl, die Verantwortung für Franks Verschwinden und weitere Entscheidungen nicht alleine tragen zu müssen.

Die Sekretärin und der Hausmeister der Grundschule waren ohne den Jungen zurückgekehrt.

Nach der ersten Tasse Kaffee hatte Samantha Roberta angerufen und erfahren, dass sich alle Bewohner von Cardington Manor sofort an der Suche beteiligt, doch Frank leider nicht gefunden hätten. Sämtliche Gebäude waren inzwischen nach ihm durchkämmt worden.

Samantha wollte nach dieser Nachricht prompt die Polizei verständigen, doch Mr Peacock riet ihr noch abzuwarten, bis Miss Treadwell mit Franks Klassenkameraden telefoniert hatte. Doch niemand wusste etwas über den Verbleib des Jungen und so rief der Direktor die Polizeidienststelle in Rye an.

Michael war inzwischen ebenfalls benachrichtigt worden. Er hatte sich daraufhin unverzüglich in seinen Wagen gesetzt und war losgefahren.

Eine Weile später klopfte es an der Tür des Direktorats und Inspektor David O'Shaugnessy trat ein.

Samantha erschrak fürchterlich. Dieser Beamte hatte im vergangenen Jahr den Tod ihres ersten Ehemannes untersucht, nachdem Charles Selbstmord begangen hatte.

»Guten Tag, Mrs Tomlinson! Ich sehe, Sie erinnern sich an mich. Es sind leider immer unangenehme Vorkommnisse, die mit dem Erscheinen meiner Person verbunden sind – zumindest beruflich.«

Wie damals trug er einen hellgrauen Trenchcoat, der neben seinem makellosen Haarschnitt offenbar sein ständiger Begleiter war.

Sie reichte ihm die Hand. »Guten Tag, Inspektor O'Shaugnessy! Haben Sie meinen Sohn etwa bereits gefunden?«

Der Polizist hob abwehrend die Hände und schüttelte mit bedauernder Miene den Kopf.

Samantha fuhr fort: »Dann rechnet die Polizei bereits mit einem Verbrechen oder warum sind Sie mit diesem Fall betraut worden? Ich hatte nur einen uniformierten Polizisten erwartet, der eine Vermisstenanzeige aufnehmen sollte.«

»Keine Sorge, Mrs Tomlinson! Das ist auch die übliche Vorgehensweise. Der uniformierte Kollege ist ebenfalls anwesend und notiert sich im Sekretariat gerade die Adressen des Schulbusfahrers und der Lehrerin ihres Sohnes. Aber da ich gerade in der Nähe war und wir uns persönlich kennen ...«

Er lächelte sie aus klugen, blauen Augen an.

»Ach so!«, sagte Samantha mit einem Anflug von Erleichterung.

»Allerdings ...«

»Allerdings?« Sie starrte den Inspektor an.

»Wir dürfen nicht außer Acht lassen, dass Sie einer prominenten und wohlhabenden Familie angehören und sich dadurch im Blickpunkt vieler Menschen befinden. Und damit auch Ihr Sohn ...«

»Sie meinen ... jemand hat Frank entführt?«

Samanthas Stimme klang schrill und sie war kreidebleich geworden.

»Ich meine bis jetzt gar nichts, Mrs Tomlinson. Für derlei Spekulationen ist es noch zu früh, aber wir müssen bei einer Familie wie der Ihren auch in diese Richtung denken. Das verstehen Sie doch sicher.«

»Aber ... aber wer sollte denn unseren Frank entführen wollen? Es ist doch noch keine drei Monate her, dass wir ihn adoptiert haben und wir haben die Adoption auch in keiner Weise publik gemacht.«

»Bei der Frage, wer ihn entführt haben könnte, müssten Sie uns die Anhaltspunkte liefern. Niemand kennt Ihr persönliches Umfeld besser als Sie selbst. Aber im Moment gibt es doch überhaupt keinen Hinweis auf eine Entführung. Warten wir doch erst einmal ab, was die Befragungen ergeben!«

Doch die Befragungen brachten keine weiteren Erkenntnisse. Weder war Franks Lehrerin an diesem Vormittag irgendetwas Außergewöhnliches an ihm aufgefallen, noch wusste der Busfahrer, ob der Junge an diesem Tag überhaupt unter seinen Fahrgästen gewesen war.

»Wissen Sie, nach all den Berufsjahren als Busfahrer hab ich es mir längst angewöhnt, meine Ohren auf Durchzug zu stellen, sobald die Kinder eingestiegen sind. Ich weiß, dass die erst mal Dampf ablassen müssen, wenn die Schule aus ist. Früher hab ich mich immer heftig darüber aufgeregt, aber inzwischen und seit ich selbst Kinder hab, versteh ich das. Und um meine Nerven zu schonen, schau ich mittlerweile einfach nicht mehr hin und lasse sie machen.«

»Verstehe.«

Nun war der Inspektor fürs Erste mit seiner Weisheit am Ende. Er bedankte sich höflich und entließ die beiden

Zeugen, die Frank zuletzt gesehen haben könnten, wieder nach Hause.

Dann bat er Samantha um ein Foto und eine möglichst genaue Beschreibung von Frank, seiner Kleidung und seiner Schulmappe.

»Mrs Tomlinson, Sie haben nun getan, was Sie konnten. Vielen Dank für Ihre Hilfe! Der Rest ist Sache der Polizei. Bitte fahren Sie jetzt wieder nach Hause zu Ihrem Mann und verständigen Sie mich, sobald sich etwas Neues ergibt. Ich versichere Ihnen, wir werden alles in unserer Macht Stehende tun, um Ihren Sohn zu finden. Bitte vertrauen Sie uns und machen Sie sich – als reine Vorsichtsmaßnahme – gemeinsam mit Ihrem Gatten Gedanken darüber, wer Frank entführt haben könnte. Wer Ihnen schaden möchte et cetera.«

Vollkommen verstört vor Enttäuschung starrte ihn Samantha an und stand auf.

Das sollte schon alles gewesen sein, was sie erreicht hatte? Was sollte sie jetzt bloß tun? Was denken, was sagen, wenn sie gefragt wurde?

Sie konnte doch jetzt nicht nach Hause fahren, die Hände in den Schoß legen und in aller Seelenruhe abwarten, bis die Polizei mit ihrer Vorgehensweise erfolgreich sein würde. *Und wenn nicht?*

Wie ferngesteuert reichte sie dem Inspektor die Hand und verabschiedete sich auch noch von Mr Peacock und Miss Treadwell.

»Danke für all Ihre Bemühungen!«, sagte sie wie automatisch, bevor sie sich zum Gehen wandte.

»Sehr gern geschehen«, sagte die Sekretärin.

»Leider konnten wir nicht mehr ausrichten«, fügte sie mit einem Ausdruck des Bedauerns hinzu. »Ich hoffe so sehr, dass Ihr lieber Frank bald gefunden wird!«

»Ja«, erwiderte Samantha mit belegter Stimme.

»Bitte fahren Sie vorsichtig, Mrs Tomlinson!«, sagte

der Direktor. »Wenn Sie erlauben, begleite ich Sie noch zu Ihrem Wagen.«

Samantha nickte und verließ mit ihm zusammen das Büro der Schulverwaltung.

»Ach, und Mrs Tomlinson,«, rief ihr O'Shaugnessy noch nach, »ich weiß, es ist ein schwacher Trost in Ihrer Situation, doch die meisten Vermisstenfälle klären sich ganz schnell und einfach auf.«

Wie durch eine Wand aus Watte drangen die Worte des Inspektors an ihr Ohr, während sie den Schulkorridor entlang in Richtung des Ausgangs ging.

16

Samantha öffnete die Haustür des Kinderheims und trat in den Flur wie schon am Mittag. Das fröhliche Treiben der heimgekehrten Kinder war einem düsteren Schweigen gewichen.

Erst dachte sie, es wäre niemand im Haus. Doch nach ein paar Schritten hörte sie wispernde Stimmen aus dem großen Speisesaal.

Nach dem Essen wurden dort immer gemeinschaftlich die Schularbeiten gemacht, was die Kinder an anderen Tagen auch nicht davon abhielt, zu schwatzen.

Heute jedoch saßen sie still über ihre Hefte gebeugt. Keiner kicherte. Es wurde nicht einmal laut gesprochen. Wenn jemand etwas zu sagen hatte oder sich einen Stift oder ein Lineal von einem Klassenkameraden ausleihen musste, wurde nur geflüstert. Offenbar bedrückte es die Kinder, dass einer von ihnen fehlte.

Roberta saß inmitten der Schüler und starrte abwesend in ein aufgeschlagenes Buch.

Als sie Samanthas Kommen bemerkte, stand sie sofort auf und ging hinaus zu ihr auf den Korridor.

»Und? Ist er wieder da? Habt ihr ihn gefunden?«

Ein Blick in Samanthas verzweifeltes Gesicht gab ihr bereits die Antwort.

Sie nahmen sich in den Arm.

»Niemand weiß etwas. Die Polizei ist jetzt eingeschaltet und sucht nach ihm«, sagte Samantha mit tränenerstickter Stimme.

»Wir haben hier auch alles nach ihm abgesucht. Jeden noch so kleinen Winkel ...«

»Danke«, sagte sie matt.

»Was macht denn Colin?«

»Er liegt hier oben im Kinderzimmer«, sagte Roberta mit einer Kopfbewegung in Richtung Zimmerdecke.

»Ich denke, er schläft noch. Mein Gott, Samantha, was ist das nur für eine Geschichte! Was sollen wir denn jetzt bloß machen?«

»Ich weiß es auch nicht«, sagte die junge Mutter tonlos.

»Ich habe wirklich nicht die leiseste Ahnung. Wenigstens ist Michael schon auf dem Weg hierher.«

»Das ist gut. Möchtest du etwas essen, Liebes? Oder vielleicht einen Tee?«

»Danke, ich bringe gerade eh nichts herunter. Aber eine Tasse Tee wäre schön.«

Samantha zog ihr Telefon aus der Jackentasche, um nachzusehen, ob sie vielleicht einen Anruf oder eine Nachricht des Inspektors überhört haben könnte.

Nein. Nichts war zu sehen.

Dann vergewisserte sie sich zum wiederholten Mal, ob die Signalfunktionen alle laut gestellt waren, was natürlich der Fall war. Sie hatte ja erst eine Viertelstunde zuvor nachgesehen.

»Ich geh dann schon mal zu Colin rein und werde ihn wecken, damit ich ihn zu Hause bald wieder hinlegen kann«, sagte sie und nahm die Stufen zur oberen Etage.

»Was für ein Nervenkrieg!«, sagte Roberta matt und ging wieder zurück in den großen Gemeinschaftsraum.

Nachdem sie Colin gestillt, gebadet und zu Bett gebracht hatte, wartete Samantha im Kaminzimmer auf Michael. Nun würde es nicht mehr lange dauern, bis er endlich wieder auf Cardington Manor wäre.

Es war schon fast 17:00 Uhr und Samantha hatte noch immer nichts gegessen. Neben ihr auf einem der Beistelltische stand ein Telefonapparat, daneben lag ihr Handy. Verzweifelt und flehentlich starrte sie immer von einem Gerät zum anderen. Dabei zermarterte sie sich den Kopf, wo Frank nur abgeblieben sein könnte. In Gedanken ging sie die letzten Gespräche mit ihm durch. Hatte er vielleicht irgendeine Andeutung gemacht, die sie überhört hatte?

Als plötzlich der Festnetzapparat läutete, erschrak sie ganz fürchterlich und geriet sogleich in Panik.

In Sekundenbruchteilen rasten die Gedanken durch ihren Kopf, wer wohl am anderen Ende der Leitung sein würde:

Frank?
Die Polizei?
Michael?
Ein Entführer?
Irgendjemand anderes?

Musste sie nun auf das Schlimmste gefasst sein?

Mit einer schweißnassen Hand ergriff sie den Hörer und meldete sich mit erstickter Stimme: »Hallo?«

»Hallo, Mrs Tomlinson? O'Shaugnessy hier ... Hallo? Sind Sie am Apparat? Mrs Tomlinson?«

»Ja«, kam nach einer kleinen Weile zurück. »Ich habe solche Angst vor dem, was Sie mir jetzt sagen könnten.«

»Ich habe noch keine Neuigkeiten für Sie. Die Fahndung nach Ihrem Jungen läuft und ich bekomme halbstündlich Meldung der Einsatzkräfte. Ich wollte Sie nur darüber informieren, dass meine Leute und ich auf dem Weg zu Ihnen sind. Wir werden vorsichtshalber eine Überwachung Ihrer Telefonanlage installieren, falls ...«

»Sie sind sich also inzwischen sicher, dass unser Frank entführt worden sein muss?«

Samanthas Stimme klang hysterisch.

»Nein, sicher bin ich mir natürlich nicht, liebe Mrs Tomlinson. Das sollte Sie nicht noch mehr beunruhigen. Aber solange Ihr Sohn nicht wieder zu Hause ist, müssen wir alle Möglichkeiten in Betracht ziehen und können eine Entführung eben nicht ausschließen. Die Installation der Telefonüberwachung ist sozusagen eine Routinemaßnahme, wenn Sie verstehen.«

»Ach so!« Sie atmete auf.

»Sagen Sie, Mrs Tomlinson, ist Ihr Mann schon wieder zu Hause?«

»Nein, noch nicht, aber ich erwarte ihn jeden Moment.«

»Das ist sehr gut.«

»Warum fragen Sie, Inspektor?«

»Weil wir uns gleich zusammensetzen und gemeinsam überlegen müssen, wo sich Ihr Sohn noch aufhalten könnte, ob Sie vielleicht Feinde haben et cetera.«

»Verstehe. Dann bis gleich, Inspektor!«

»Mein Team und ich werden in etwa einer halben Stunde bei Ihnen sein, Mrs Tomlinson. Auf Wiederhören!«

Sie legte den Hörer wieder auf und lauschte. Die unerträgliche Stille des Hauses verwandelte sich in ein lautes Rauschen und sie hielt sich beide Ohren zu.

Plötzlich zuckte sie zusammen und schrie erschrocken auf, als jemand sie von hinten berührte.

»Schatz, was ist denn mit dir?«, fragte eine zärtliche Stimme. Michael war gekommen.

»Ich bin es doch nur, Liebling.«

Endlich!

Sie fiel ihm um den Hals und brach in Tränen aus.

Er nahm sie gleich in die Arme und hielt sie eine Weile ganz fest.

Auf seine Frage, ob es inzwischen etwas Neues gäbe, schüttelte sie nur mit dem Kopf und schluchzte weiter in seine Hemdbrust. Irgendwann bekam sie keine Luft mehr und musste sich die Nase putzen.

»Ich bin so froh, dass du endlich da bist! Lass mich bitte nie mehr so lange allein.«

Michael nickte und schüttelte danach den Kopf.

»Was ist das nur für eine schreckliche Geschichte, Sammy? Wo kann unser Frank denn nur sein?«

Er sah sie verzweifelt an.

»Ich weiß es nicht ... Niemand weiß es.«

»Was sagte denn die Polizei, dieser Inspektor ... wie hieß der noch?«

»O'Shaugnessy. Sie fahnden inzwischen nach ihm. Er ist mit seinen Leuten auf dem Weg hierher. Sie werden eine Telefonüberwachungsanlage installieren.«

»Das heißt, die gehen also davon aus, dass ... dass Frank entführt wurde?«

Michael war ehrlich entsetzt. »Ja ... Ja, gab es denn schon einen Anruf oder irgendeinen Hinweis auf eine Entführung?«

»Nein. Das hätte ich dir doch längst erzählt. Man weiß eben bis jetzt gar nichts. Also kann es genauso gut eine Entführung sein.«

»Ich verstehe.«

Sie sahen sich verzweifelt an und schwiegen, bis sie ein zaghaftes Klopfen vernahmen.

Roberta stand im Türrahmen. Sie sah sehr schlecht aus und Samantha bekam es mit der Angst um das kranke Herz ihrer alten Freundin zu tun.

»Setz dich doch, meine liebe Roberta! Soll ich dir von Henderson eine Tasse Tee bringen lassen?«

Diese wehrte ab. »Nein, danke. Lass nur, Samantha! Ich bin froh, dass Michael jetzt endlich da ist.«

Sie steuerte einen der schwarzen, ledernen Clubsessel an und ließ sich ermattet hineinfallen.

»Ich wollte mit euch sprechen ... Ich muss euch nämlich etwas sagen.«

Michael und Samantha nahmen gegenüber Platz und

sahen die alte Freundin erwartungsvoll an.

»Was ist denn los? Irgendwas wegen Frank?«, platzte es aus Samantha heraus.

»Ja ...«, begann Roberta langsam.

»Vivien Sloane ist bei mir im Waisenhaus gewesen ...«

»Was?«, schrie Samantha und sprang wieder auf.

»Und ... und was wollte sie?«

»Sie ist gekommen, um sich nach Frank zu erkundigen. Wahrscheinlich hat sie sich vorgestellt, dass sie ihn gleich mitnehmen kann, wenn er noch im Heim ist. So enttäuscht wie sie war, als sie wieder ging ...«

»Und das sagst du mir jetzt erst? Findest du, das geht mich nichts an?«

Samantha rang nach Luft. »Warum hast du das bloß nicht schon früher gesagt und ...«

»Du hattest dich schon wegen des Briefes so sehr aufgeregt und da dachte ich ...«

»Aber du hast mir versprochen, dass du mir erzählst, wenn es etwas Neues gibt und ...« Samanthas Stimme überschlug sich und sie fing an zu weinen.

»Reg dich doch bitte nicht so auf, Schatz! Roberta hat es doch nur gut gemeint.«

Er legte einen Arm um Samanthas Schultern und hielt sie fest. Dann richtete er sich an Roberta: »Wann war diese Frau bei dir im Waisenhaus?«

»Vor ein paar Tagen. Genau einen Tag, nachdem ihr Brief hier angekommen war. Sie hatte ihn etwa zwei Wochen davor an die Stadtverwaltung in Lamberhurst geschrieben und dann wohl irgendwie erfahren, dass das Waisenhaus dort aufgelöst wurde, aber hier weiterexistiert.«

»Und was ist das für eine Frau? Glaubst du, sie hat etwas mit Franks Verschwinden zu tun?«

»Das kann ich nicht sagen. Sie wirkte auf mich sehr schlicht und ... wie soll ich sagen? ... Ich hatte mir noch gedacht, wie so eine Frau mit einem lebhaften Jungen wie Frank fertigwerden wollte. Ich glaube nicht, dass diese Mrs Sloane die Energie hat, so etwas durchzuführen. Aber man kann ja nicht in einen Menschen hineinschauen.«

»Aber davon müssen wir doch jetzt ausgehen!«, rief Samantha.

»Möglicherweise hast du recht«, sagte Michael. »Hass und Verbitterung setzen bei manchen Menschen ungeahnte Kräfte frei.«

»Möglicherweise? Ganz bestimmt sogar! Das kann doch kein Zufall sein, dass die hier aufkreuzt, weil sie Frank wiederhaben will, und ein paar Tage später ist der Junge verschwunden! Du hättest es mir wirklich sofort sagen müssen, Roberta!«

»Ja ... im Nachhinein sehe ich das auch so«, sagte die alte Dame und sah noch elender aus als zuvor. Sie starrte nur auf den Boden und wagte nicht noch einmal, Samanthas Blick zu erwidern.

»Aber das konnte doch wirklich niemand ahnen«, kam Michael Roberta zu Hilfe. »Das ist doch alles wie in einem schlechten Krimi!«

»An diesen Brief hatte ich heute komischerweise gar nicht gedacht«, sagte Samantha. Sie schenkte sich ein Glas Wasser ein und trank es zur Hälfte leer.

»Wenigstens haben wir jetzt einen Anhaltspunkt, wo die Polizei mit der Suche beginnen kann.«

Wie auf ein geheimes Stichwort klopfte es erneut an der Tür. Es war Henderson, der mit einem besorgten Gesichtsausdruck Inspektor O'Shaugnessy und sein Team ankündigte.

17

Einige quälend lange Tage vergingen - ohne jegliche Spur von Frank. Auch meldete sich niemand, der sich zu seiner Entführung bekannt hätte.

Die Suche nach Vivien Sloane war ergebnislos verlaufen. Sie war einfach nicht mehr auffindbar. Die Polizei konnte nur noch das Taxi ausfindig machen, das sie sich am Bahnhof von Rye genommen hatte, um nach Cardington Manor zu gelangen. Der Fahrer, ein untersetzter, etwa 50-jähriger Mann namens Wilcox, sagte aus, die junge Frau hätte während der Hinfahrt auf ihn unruhig und aufgedreht gewirkt, fast schon euphorisch.

»Sie hat gesagt, ich soll auf dem Parkplatz von diesem Kinderheim auf sie warten. Sie wollte dort nur schnell ihren Sohn abholen. Als sie nach etwa einer halben Stunde noch immer nicht zurückgekommen war, habe ich mir schon Sorgen gemacht, dass sie überhaupt nicht wiederkommt und dass sie mich um mein Fahrgeld geprellt hat. Ich wollte sie gerade suchen gehen, da ist sie einen Weg entlanggekommen. Sie hat irgendwie komisch ausgesehen, als wäre ihr schlecht oder so. Ich habe sie gefragt, ob alles in Ordnung ist, aber sie hat nichts geantwortet. Mit versteinerter Miene ist sie wieder in meinen Wagen eingestiegen, aber ein Kind hat sie nicht dabei gehabt.«

»Und wo haben Sie die Frau dann hingefahren?«, fragte der Inspektor.

»*Zurück zum Bahnhof*, war alles, was sie zu mir gesagt hat. Auf der Rückfahrt hat sie irgendwie gewirkt, als wäre sie eine ganz andere Person als auf der Hinfahrt. Ich erinnere mich noch gut, dass ich beim Fahren öfter als sonst in den Rückspiegel geschaut habe, weil mir diese Frau irgendwie unheimlich vorgekommen ist. Gesprochen hat sie nichts mehr und ich habe sie auch nichts mehr gefragt. Wissen Sie, normalerweise ist ja das Wetter ein unverfängliches Thema, um ein wenig Konversation zu betreiben. Der Fahrgast soll sich in meiner Limousine ja wohlfühlen. Aber bei dieser Frau ist mir irgendwie alles vergangen.«

»Ich verstehe. Sie haben Mrs Sloane also zum Bahnhof gebracht. Und dann?«

»Nichts und dann. Sie hat mir einfach wortlos den geforderten Betrag hingeblättert und ist dann ausgestiegen. Ohne Dank und ohne Gruß. Das hat man auch selten. Die meisten Fahrgäste sind doch sehr freundlich.«

»Mr Wilcox, konnten Sie vielleicht sehen, was die Frau nach dem Verlassen Ihres Wagens getan hat oder wohin sie gegangen ist?«

»Nee. Keine Ahnung. Dazu kann ich nichts sagen. Am Bahnhof von Rye haben bereits wieder neue Fahrgäste auf mich gewartet. Da gab es eine Menge Gepäck einzuladen und da ist der letzte Gast immer schnell vergessen. Gerade wenn es so eine unangenehme Person ist wie diese Mrs ... wie war noch der Name?«

»Danke, Mr Wilcox! Sollte Ihnen noch irgendetwas einfallen – auch wenn es Ihnen noch so unwesentlich erscheint – rufen Sie mich bitte an!«

O'Shaugnessy zog ein weißes Kärtchen aus der Innentasche seines Jacketts und überreichte es dem Taxifahrer.

»Und falls wir noch Fragen an Sie haben, melden wir uns bei Ihnen. Auf Wiedersehen, Mr Wilcox!«

An dieser Stelle verlor sich die Spur von Vivien Sloane. Inspektor O'Shaugnessy leitete sofort eine Großfahndung nach ihr ein. Franks Mutter war für die Polizei inzwischen die einzig verdächtige Person. Mithilfe von Roberta, die ihr immerhin eine Weile gegenübergesessen hatte und sie dadurch noch am besten beschreiben konnte, wurde ein Phantombild erstellt und an alle Dienststellen und Ämter verschickt. Doch niemand konnte sagen, wohin sie gefahren war, oder ob sie Rye überhaupt je verlassen hatte.

Auch Mildred und William Boyle waren unter den verdächtigen Personen.

Michael erzählte Inspektor O'Shaugnessy von der hässlichen Szene vor dem Kinderheim, die sich einige Wochen zuvor ereignet hatte: Das Ehepaar Boyle hatte Frank nach behördlich genehmigter Adoption von dort abholen wollen. Doch Michael hatte das verhindert, weil William Boyle hatte durchblicken lassen, dass er es für angemessen hielt, Frank mit Prügeln zu *erziehen*. Und auch ihm selbst gegenüber war der Mann so begegnet und hatte sich aggressiv verhalten.

»Ich habe Mr Boyle daraufhin die Adoptionsurkunde entrissen und vor seinen Augen in Tausend Stücke zerfetzt. Ich habe ihm gesagt, dass er abhauen soll und dass er von uns bestimmt kein Kind bekommt. Außerdem habe ich ihm ausdrücklich Hausverbot erteilt. Der Mann hat das dann mit Racheschwüren quittiert. Das hat hier jeder gehört. Aber wenigstens ist er dann wieder abgehauen. Seine Frau saß schon wie ein verschrecktes Kaninchen im Wagen. Wahrscheinlich bekommt sie auch hin und wieder Prügel von ihm.«

Nach diesen Informationen suchte Inspektor O'Shaugnessy in Begleitung eines Streifenpolizisten das Haushaltswarengeschäft der Boyles auf. Der dunkelbraune Kastenwagen, der die Aufschrift *Boyle Household Supply Store* trug, stand auf dem Parkplatz vor dem Laden. Die Schaufenster waren beklebt mit riesigen Bannern, auf denen

Räumungsverkauf wegen Geschäftsaufgabe stand.

Im Inneren des Geschäfts hielten sich einige Kunden auf und füllten ihre Einkaufskörbe. William Boyle kniete vor einem halb leeren Regal und sortierte Lackdosen hinein.

O'Shaugnessy stellte sich kurz vor und wies sich aus. Er erkundigte sich nach einem Raum, wo man sich ungestört unterhalten konnte, und Mr Boyle ging voran ins Lager.

Auf die Frage, ob er wüsste, wo sich Frank gerade aufhielt, antwortete er verbittert: »Wie Sie sehen, habe ich gerade ganz andere Sorgen ... eine Geschäftsauflösung nach 68 Jahren im Familienbesitz ...«

Er lachte höhnisch und schüttelte den Kopf. »Soll er sich doch aufhalten, wo der Pfeffer wächst, dieser undankbare Bengel! Von mir aus kann der sonst wo sein!«

Trotzdem hatte Inspektor O'Shaugnessy auf die Durchsuchung sämtlicher Geschäfts- und Wohnräume bestanden – alles blieb jedoch ohne Ergebnis.

Eine Woche war seit Franks Verschwinden inzwischen vergangen. Roberta machte sich schreckliche Vorwürfe, weil sie geschwiegen hatte. Sie hatte es doch wirklich nur gut gemeint. Sie hatte Samantha schonen wollen, doch möglicherweise hätte deren übertriebene Sorge diese Entführung verhindert, wer weiß?

Wenn es denn eine Entführung war. Doch was hätte es sonst sein sollen?

Durch diesen schrecklichen Vorfall war Ihre Romanze mit Henderson wie auf Eis gelegt. Keiner von ihnen sprach mehr über die Verabredung. Henderson verbrachte seine freien Nachmittage im Haus, um jederzeit zur Verfügung zu stehen, wenn sich etwas Neues ergeben hätte.

Samantha hatte indes ihre Gefühle betäubt. Sie hatte diese andauernde Empfindung von Schmerz und Sorge nicht mehr ertragen können. Zwar konnte sie auf diese Weise auch keine Freude mehr spüren, aber das war ihr egal. Freude würde es in ihrem Leben ohnehin nicht mehr geben. Sie ließ Colin keine Sekunde mehr aus den Augen, doch sie versorgte ihn rein mechanisch, so wie sie viele andere Dinge monoton verrichtete. Um gar nicht erst zum Nachdenken zu kommen, deckte sie sich mit vielerlei Tätigkeiten ein.

Für sie stand es außer Zweifel, dass es Vivien Sloane gewesen sein musste, die ihren Sohn zu sich geholt hatte. Der einzige Trost für Samantha war, dass es wohl sehr unwahrscheinlich war, dass seine Mutter ihm etwas antun würde. Und mit der Zeit würde Frank wohl seine Vergangenheit vergessen.

Vergessen, dass er einmal ein glückliches Leben in der Geborgenheit von Cardington Manor geführt hatte. Zusammen mit Samantha, Michael, Roberta, Colin und Robin, seinem Hündchen.

18

Eines Nachts wachte Michael auf, weil Colin schrie. Seit Franks Entführung stand die Wiege im Elternschlafzimmer, direkt neben seiner Bettseite.

Instinktiv streckte er den Arm aus, schaukelte seinen Sohn sanft und summte eine beruhigende Melodie.

Wenn Samantha noch nicht gekommen war, um den Kleinen herauszunehmen, konnte das nur bedeuten, dass sie vor Erschöpfung tief und fest schlief – endlich einmal! Und das wollte er ihr um jeden Preis ermöglichen.

Im Halbschlaf überlegte er kurz, wie er den brüllenden Säugling zufriedenstellen konnte, als Colin plötzlich ruhig wurde und offenbar weiterschlief.

»Braver Junge«, sagte Michael erleichtert und wollte sich gerade auf die andere Seite drehen. Da vernahm er wie durch eine Schicht aus Watte ein heftiges Schluchzen und erschrak.

Sofort betastete er das Bett neben sich. Es war leer und abgekühlt. Samantha schlief also gar nicht ruhig und tief neben ihm.

Wie sehr er es ihr gewünscht hätte!

Er sprang auf und ging, ohne Licht zu machen, in die Richtung der Verbindungstür, aus der das herzzerreißende Weinen kam. Er schloss die Tür geräuschlos hinter sich und ertastete den Lichtschalter.

Am Ende des Korridors kauerte Samantha vor der geöffneten Kinderzimmertür auf dem Boden – aufgelöst, kraftlos und hemmungslos weinend. Dieser immense Kummer, den sie tagsüber nicht zuließ und in Arbeit erstickte, suchte sie regelmäßig nachts heim und zwang sich in ihre Aufmerksamkeit.

Michael lief sofort zu ihr hin und kniete sich auf den Teppich. Dann nahm er sie in seine Arme und zog sie zu sich heran.

»Mein armer Schatz, was machst du denn für Sachen mitten in der Nacht? Du gehörst doch neben mich ins Bett«, sagte er mit sanfter Stimme.

Samantha zitterte. Erst in der Geborgenheit seiner warmen, starken Umarmung spürte sie, wie sehr sie fror.

Michael hielt sie ganz fest und wiegte sie sanft wie ein Baby hin und her. Er bemühte sich, einen souveränen Eindruck zu machen, doch auch in seine Augen waren Tränen getreten, als er ihren immensen Schmerz gespürt hatte. Damit sie es nicht bemerkte, sprach er nun kein Wort mehr.

Nach einer Weile fragte Samantha noch immer schluchzend: »Hast du ein Taschentuch für mich?«

»Nicht bei mir, aber hier drin auf der Wickelkommode sind welche, warte!«

Er ging ins Kinderzimmer hinein, und als er zurückkam, hielt er eine Wolldecke in der Hand sowie eine lustig bedruckte, kleine Schachtel, aus der weiße Taschentücher herausragten.

Samantha bediente sich und er breitete die Decke um ihre Schultern aus.

»Ich hatte einen schlimmen Albtraum«, sagte sie.

»Ein Kind war gestorben, ein kleines Mädchen ... und ich war schuld daran. Dann sind die Eltern von diesem Mädchen gekommen und ich habe ihnen erklären sollen, was passiert ist. Es war so furchtbar! Ich habe es ihnen nicht begreiflich machen können ... Dann bin ich, Gott sei Dank, aufgewacht und hatte Durst ... Dieser Traum war so schrecklich und so real, da habe ich für einen Moment gedacht, dass ich Franks Entführung vielleicht auch nur geträumt habe.«

Sie sah ihn mit tränenverschleierten Augen an. »Aber sein Bett ist leer. Schon seit einer Woche ist es leer ...«

Sie sank an seine Brust und wimmerte voller Verzweiflung.

Michael schluckte. Langsam begann er zu ahnen, was dieses Unglück für ihn und seine Familie in der Zukunft bedeuten würde, sollte die Polizei Frank nicht bald lebend wiederfinden. Trotz der nächtlichen Stunde tobten plötzlich panische Gedanken durch seinen Kopf:

Würde seine Samantha irgendwann vor Sorge und Kummer verrückt werden?

Oder er selbst?

Wie lange würde er durchhalten können, immer den Starken zu spielen, als ob ihm die Sache nicht ebenso sehr an die Nieren ginge?

Vor allem hatte er verdammte Angst davor, dass Frank bereits tot war und die Polizei es ihnen irgendwann schonend beibringen würde.

Und dann? Wäre dann alles vorbei?

Könnte ihre junge Ehe diese schreckliche Krise überhaupt überstehen? Oder würden sie daran zerbrechen?

Könnten sie jemals wieder glücklich werden?

Und wie wäre das alles für Colin? Was bedeutete es für sein Leben, wenn seine Eltern ein anderes Kind betrauerten?

Als Michael merkte, dass auch ihm Tränen über die Wangen liefen, wischte er sich mit dem Handrücken barsch übers Gesicht.

Er durfte jetzt einfach nicht schwach werden. Er musste stark bleiben. Für Samantha. Für Frank. Für Colin. Und auch für sich selbst. Noch gab es keine Hiobsbotschaft zu betrauern. Noch hatten sie zwei lebendige Söhne und beide brauchten ihn jetzt.

Er räusperte sich und sagte: »Komm, steh auf, mein Liebling! Ich bringe dich zurück ins Bett. Du holst dir ja hier sonst noch den Tod.« Er half ihr in die Höhe und führte sie den Korridor zurück ins Schlafzimmer.

Gerade als Samantha wieder im Bett lag, gab Colin schon wieder hechelnde Suchgeräusche von sich.

»Er ist schon wieder halb am Verhungern. Bleib liegen, mein Schatz! Ich bringe ihn dir«, sagte Michael und hob den Kleinen behutsam aus der Wiege. Nach einem sanften Kuss auf den zart beflaumten Kopf bettete er Colin neben seine Mutter.

Etwa eine Stunde später lag Samantha noch immer wach. Aus der Richtung der Wiege hörte sie die feinen, leisen Atemzüge von Colin.

Michael hatte ihm noch eine frische Windel angezogen, bevor er sich wieder zum Schlafen gelegt hatte. Auch er gab bereits wieder gleichmäßige Geräusche von sich.

Samantha beneidete ihren Mann dafür, dass er doch meistens in einem tiefen Schlaf Zuflucht fand, selbst bei größten Problemen.

Sie drehte sich auf die andere Seite und seufzte. Ihre Gedanken hörten einfach nicht auf, sich zu kreisen.

Wo konnte ihr Frank bloß sein? Schon tausend Mal hatte sie alle Möglichkeiten durchdacht, jede Möglichkeit im Geiste durchgekaut. Immer und immer wieder.

Wahrscheinlich musste sie sich damit abfinden, dass Frank nicht wiederkam. Seine Mutter hatte ihn offenbar an einen Ort mitgenommen, wo ihn niemand finden konnte. Nicht einmal die Polizei mit ihrer groß angelegten Sonderfahndung. Vielleicht war der Junge inzwischen längst außer Landes gebracht worden, während die Sicherheitskräfte noch jeden Kieselstein hier in England umdrehten.

Ein Gedanke, der Samantha einen heftigen Stich versetzte, war die Vorstellung, dass Frank beim Anblick seiner leiblichen Mutter freiwillig und gerne alles hinter sich gelassen hatte. Wahrscheinlich hatte sie ihn gar nicht besonders überreden oder ihm vieles erklären müssen.

Vor ein paar Tagen hatte sie darauf bestanden, dass Roberta ihr genauestens von Vivien Sloanes Aussehen berichtete. Diese frappante Ähnlichkeit von Mutter und Sohn sprach wohl eine ganz eigene Sprache und entwickelte dadurch auch eine eigene Dynamik.

Sie seufzte tief.

Wenigstens würde das bedeuten, dass Frank glücklich war, wenn auch nicht mit ihr, Michael, Colin und Roberta. Wahrscheinlich dachte er nicht einmal mehr an die Zeit im Kinderheim oder auf Cardington Manor zurück. Vielleicht würde er sich eines Tages wieder daran erinnern.

Trotzdem hatte sie das Gefühl, als ob sie etwas übersehen hätte. Noch einmal ging sie in Gedanken jeden einzelnen Tag durch, bedachte jede noch so unwichtig erscheinende Kleinigkeit. Und dann traf sie eine Erkenntnis mit solcher Wucht, dass sie sich plötzlich aufrecht sitzend in ihrem Bett wiederfand.

Schon wieder hatte sie das Zusammentreffen mit Timothy Browning aus ihrem Bewusstsein verdrängt. Was war das nur mit diesem fremden Mann, dass er ihr jedes Mal viel zu nahe kam, und sie diese Begegnungen danach aus ihrem Gedächtnis strich, als würde ihr Unterbewusstsein sie vor etwas bewahren wollen? Seltsam!

Ein heißer Schauder durchzog sie und danach wurde ihr kalt. Eiskalt.

Was waren noch Timothy Brownings letzte Worte zum Abschied gewesen?

Sie schloss die Augen und ging im Geiste noch einmal in diese groteske Situation hinein, die sie mit ihm und Hazel im kleinen gelben Salon erlebt hatte.

Es war so etwas wie eine Drohung gewesen, aber doch wieder nicht. Ein Satz, den man wie eine Drohung oder

Ankündigung hätte auffassen können, den man aber auch ganz anders verstehen konnte.

Wieder und wieder ging sie das Gesprochene durch und plötzlich wusste sie, was er gesagt hatte:

Ich werde schon dafür sorgen, dass du mich nicht vergisst.

Sie wiederholte diesen Satz noch ein paarmal, so lange, bis er wie in Leuchtschrift an der Zimmerdecke zu lesen war.

Ich werde schon dafür sorgen, dass du mich nicht vergisst.

Konnte er damit gemeint haben, dass er so weit gehen würde? Dass er nicht einmal vor Kindesentführung zurückschrecken würde, damit sie an ihn dachte?

Erfolgreich wäre Timothy Brownings Plan wenigstens gewesen, denn in diesem Moment lag sie mitten in der Nacht in ihrem Ehebett und dachte an ihn, den fremden Mann.

Aber warum sollte er ausgerechnet Frank entführen? Wozu sollte das gut sein und was könnte er ihr damit sagen wollen, wenn er ihr Kind entführte?

Nur weil er ihr in dieser Nacht vor drei Jahren so gerne ein Kind gemacht hätte, es aber nicht dazu gekommen war? Das wäre doch geradezu absurd! Bei näherer Überlegung war doch die ganze Situation damals absurd gewesen. Ähnlich wie ein Traum, der einem äußerst realistisch erscheint, während man ihn träumt. Aber nach dem Erwachen steht man völlig neben sich und kann nicht mehr nachvollziehen, warum man das soeben Erlebte als Wirklichkeit angesehen hat.

Aber wenn alle anderen Spuren – bis zu diesem Zeitpunkt – noch nichts ergeben hatten, dann konnte es doch genauso gut sein, dass Timothy Browning Frank mitgenommen hatte. Vielleicht war dieser Mann ja wirklich verrückt und hatte irgendwann seinen Bezug zur Realität verloren. Sein Auftritt kürzlich im Salon bestätigte diese Annahme. Aber hätte er sich dann nicht schon längst bei ihr gemeldet und sich als Entführer zu erkennen gegeben? Was sollte ein junger Mann wie er schon so lange mit einem kleinen Jungen anfangen können? Hätte er das wirklich so lange vor Hazel geheim halten können?

Sie stellte sich all diese Fragen, obwohl es eigentlich müßig war, darüber zu grübeln. Schließlich kannte sie diesen Mann doch überhaupt nicht.

Auf jeden Fall war es nun an der Zeit, dass sie jemandem von der Angelegenheit mit Timothy Browning erzählte. Sie musste mit der Polizei sprechen.

Und mit Michael.

Ach du lieber Gott!

Wie sollte sie Michael das bloß alles erklären? Die ganze Sache war doch einfach zu peinlich.

Was würde er nur von ihr denken, wenn er das alles wüsste? Dass sie zur Untreue neigte?

Als sie darüber nachdachte und sich die Einzelheiten ausmalte, merkte sie plötzlich, dass ihr speiübel wurde. Sie tastete im Dunkeln nach dem Wasserglas, das Michael ihr noch auf den Nachttisch gestellt hatte, und nahm einen großen Schluck. Danach und nach ein paar tiefen Atemzügen ging es ein wenig besser. Sie legte sich wieder hin und zog sich die Decke über den Kopf.

Vielleicht fühlte es sich so an, wenn man vom Schicksal bestraft wurde. Aber hatte sie überhaupt Strafe verdient? Hatte sie sich bereits in dem Moment schuldig gemacht, als sie nicht hatte verhindern können, dass sich dieser fremde Mann in ihre Gedanken gedrängt hatte, obwohl es ihr in ihrem Leben doch an nichts mangelte?

Als die ersten Lichtstrahlen zaghaft durch die geschlossenen Vorhänge hereinblinzelten, hatte sie sich in den Schlaf geweint.

19

Der Park von Cardington Manor war von einem feinen Nebel überzogen, der sich in jedem noch so kleinen Winkel breitgemacht hatte.

Michael war auf dem Weg zu den Pferdeställen, wo er um 8:00 Uhr mit einem Bewerber für die Stelle des Gestütsleiters verabredet war. Er war schon spät dran und es entsprach nicht seiner Art, unpünktlich zu sein. Einen Moment lang hatte er überlegt, den Wagen zu nehmen, doch er bevorzugte einen strammen Spaziergang in der kühlen Morgenluft, und so beschleunigte er lieber seinen Schritt.

Trotz einer blitzschnellen Dusche und einer im Stehen hinuntergestürzten Tasse Kaffee war er noch immer sehr müde. Die Vorkommnisse dieser Nacht bereiteten ihm große Sorgen.

Wie würden sie das nur alles überstehen?

Was für ein Nervenkrieg!

Damit Samantha weiterschlafen konnte, hatte er Colin am frühen Morgen ganz leise aus seiner Wiege geholt und auf dem Korridor an Roberta übergeben, damit sie ihm ausnahmsweise ein Fläschchen bereitete. Der Zweck heiligte schließlich die Mittel.

»Ich mache mir so große Sorgen um Samantha ... um unsere ganze Familie«, hatte er zu Roberta gesagt, die noch immer ein schlechtes Gewissen hatte.

»Wenn du wüsstest, wie leid es mir tut, Michael ... Hätte ich euch doch nur schon früher davon erzählt ...«, hatte sie zum wiederholten Mal erwidert.

»Hör doch auf damit, Roberta! Dich trifft keine Schuld

an der Sache! Frank wäre garantiert trotzdem verschwunden – wohin auch immer! Wie hätten wir das denn von hier aus verhindern sollen? Wir hätten ihn doch schlecht auf Cardington Manor anketten können, damit ihn niemand auf dem Schulweg abpasst. Damit konnte doch wirklich niemand rechnen.«

Zur Bekräftigung hatte er das alte Mädchen liebevoll umarmt und ihr einen Kuss auf die Wange gedrückt.

Die Frau, die auf der Rückbank der schwarzen Limousine saß, trug eine auffallend große, dunkle Sonnenbrille. Ihr Haar hatte sie vollständig unter einem buntgemusterten Kopftuch versteckt, das unter dem Kinn überkreuzt und im Nacken gebunden war. Hätte man den Fahrer des altmodischen Taxis nach ihrem Aussehen gefragt, er hätte keine Aussage dazu machen können.

Während der ganzen Fahrt kaute sie nervös auf ihrer Unterlippe herum. Überhaupt wirkte sie ziemlich angespannt. Immer wieder sah sie sich um, als hätte sie das Gefühl, verfolgt zu werden.

»Stimmt etwas nicht?«, fragte der Fahrer.

»Nein, alles in Ordnung«, sagte sein Fahrgast.

Als sich die Frau trotzdem weiter verängstigt umblickte, konnte er nur mit dem Kopf schütteln.

Michael blätterte die Papiere seines Bewerbers durch und überflog dessen Referenzen. Alles schien tadellos in Ordnung zu sein. Der Mann hatte offenbar viel Erfahrung mit Pferden.

Nach einer Weile reichte Michael seinem Gegenüber die Hand.

»Na, dann ... von mir aus haben Sie den Job. Herzlich willkommen auf Cardington Manor, Mr Browning!«

Der Mann schlug ein und sie schüttelten sich freudig die Hände.

Bevor Michael ihn dem Stallpersonal als künftigen Vorgesetzten vorstellte, gingen sie noch ins Büro, um den Vertrag zu unterzeichnen.

Das Taxi durchfuhr eine für die Jahreszeit noch immer dicht belaubte Waldstraße und näherte sich einem großen Tor. In der Ferne war ein imposantes Haupthaus in Sicht.

»Sind Sie sicher, dass das hier die richtige Adresse ist, Madame?«

Der Fahrer sah verunsichert in den Rückspiegel.

Die Frau erwiderte seinen Blick nicht, sondern starrte nur zum Fenster hinaus.

»Ja, die Adresse ist richtig. Fahren Sie einfach immer geradeaus.«

Michael war erleichtert. Wenigstens diese Sorge war er nun los. Zwar konnte er leidlich gut reiten, doch seine Leidenschaft galt nun mal nicht den Pferden. Und schon gar nicht hatte er sich in der Lage gesehen, das bis zu Charles' Tod immerhin sehr erfolgreiche Gestüt von Cardington Manor zu leiten.

Samantha kannte sich damit auch nicht viel besser aus als er. Und da sie seit Colins Geburt überhaupt keinen freien Gedanken mehr dafür übrig hatte, waren alle Pflichten, das Gestüt betreffend, an ihm hängen geblieben. Wie hatte er es gehasst, in den letzten Monaten dort so viele Entscheidungen treffen zu müssen!

Mit ungewohnter Leichtigkeit schlenderte er zurück durch den herrlichen Park. Er versuchte, wenigstens ein paar Minuten lang, nur die Schönheit rings um sich herum zu genießen und für diese kurze Zeit keine sorgenvollen Gedanken zu haben. Genau so lange, bis sein Weg auf die kiesbedeckte Auffahrt stoßen würde, an deren Ende sich der Eingang von Cardington Manor befand.

Doch daraus wurde nichts.

Unwillkürlich musste er sich an einen der letzten Spaziergänge mit Frank erinnern, den er genau auf diesem Weg – von den Ställen aus nach Hause – zurückgelegt hatte. Er hatte seinem Sohn verschiedene Baumarten gezeigt und Frank war ganz eifrig dabei gewesen, sich die Namen der stattlichen Riesen einzuprägen. Begeistert hatte er von jedem Baum ein paar Blätter gepflückt, weil er sich ein Baum-Album hatte anlegen wollen.

Michael hatte zwar darüber geschmunzelt, doch natürlich hatte er sich sehr über das große Interesse des Jungen an seinem Beruf gefreut.

Als sie zu Hause angekommen waren, war Frank fest dazu entschlossen gewesen, später von Beruf einmal Landschaftsarchitekt zu werden. Oder wenigstens Baumpfleger, denn für ihn würde es nie mehr etwas Wichtigeres als Bäume geben, wie er Samantha später beim Abendessen mit glühenden Worten erklärt hatte.

Sie hatte daraufhin gelächelt und Michael einen glücklichen Blick zugeworfen.

Eine fremde Frauenstimme riss Michael aus seinen Gedanken. Erst jetzt bemerkte er, dass er Tränen in den Augen hatte. Er wischte sie sich am Handrücken ab und sah sich suchend um, doch da war nirgendwo eine Frau zu sehen.

Ohne sich dessen bewusst gewesen zu sein, hatte er bereits fast die Auffahrt erreicht. Als er darauf abbog, um zum Wohnhaus zu gelangen, wunderte er sich. In einiger Entfernung, direkt vor den beiden äußeren Freitreppen, parkte ein schwarzes Taxi. Eine Frau war ausgestiegen und sprach durch das geöffnete Seitenfenster mit dem Fahrer, der mit irgendetwas nicht einverstanden zu sein schien. Die Frau redete beruhigend auf den Mann ein, doch der wollte sich nicht beruhigen lassen. Immer wieder gab er wütend Kontra. Als die Frau Michael bemerkte, sagte sie noch ein paar Worte ins Wageninnere hinein und machte mit den Händen eine beschwichtigende Geste. Wie durch einen Zauberspruch war der Fahrer auf einmal ruhig und die Frau kam zielstrebig auf Michael zu.

Es wurde ihm ein wenig unbehaglich zumute.

Was wollte diese Frau denn jetzt von ihm?

Er war sich sicher, dass er sie nicht kannte. Auch ihre Art sich zu bewegen, war ihm nicht vertraut.

Doch sie kannte offenbar ihn.

Mit jedem Schritt, den sie näher auf ihn zukam, wurde Michael unsicherer. Hatte er die Dame vielleicht doch schon einmal irgendwo gesehen?

Wobei – vermummt unter einem Kopftuch und hinter großen, dunklen Sonnenbrillengläsern konnte das fast jede Frau der Welt sein.

»Guten Tag! Haben Sie sich vielleicht verfahren?«

Er zwang sich zu einem freundlichen Lächeln.

»Nein, Mr Tomlinson, wir haben uns nicht verfahren. Ich bin absichtlich hierhergekommen.«

Sie kannte seinen Namen.

Michael staunte nicht schlecht.

»Und was kann ich für Sie tun, Madame? Vorstellen muss ich mich ja offenbar nicht mehr.«

»Was Sie für mich tun können, weiß ich noch nicht. Die interessantere Frage ist, was ich für Sie tun kann.«

»Und das wäre?«

Michael musterte die Frau eindringlich. Irgendetwas an ihr kam ihm bekannt vor, doch er wusste nicht, was es war. Die Stimme und die Art zu sprechen waren es jedenfalls nicht.

»Nun ...« Sie blickte in Richtung des Taxis.

»Ich bringe Ihnen Ihren Sohn zurück.«

»Was sagen Sie da?« Michael blieb zunächst wie angewurzelt stehen und starrte die Fremde völlig entgeistert an, bevor er dann wie von Sinnen losrannte.

Erneut liefen Tränen über sein Gesicht, machten ihn fast blind. Beinahe wäre er über eine Wegbegrenzung gestolpert.

Als er den Wagen erreicht hatte, riss er eine der hinteren Türen auf. Sein Herz schlug so heftig, dass er glaubte, es würde seinen Brustkorb sprengen.

Frank lag auf der Rückbank.

Er schlief.

Oder war er tot?

Nein.

Der Brustkorb des Jungen bewegte sich langsam und rhythmisch auf und ab.

Gott sei Dank!

Michael beugte sich ins Wageninnere hinein und hob seinen Sohn behutsam auf. Der Kleine wurde nicht einmal wach davon.

Als er mit ihm auf dem Arm wieder draußen stand, drückte er ihn fest an sein Herz und dankte seinem Schöpfer.

Die Frau war inzwischen auch beim Taxi angekommen und Michael fragte sie kopfschüttelnd: »Wer sind Sie und wieso hatten Sie unseren Jungen? Wir sind fast verrückt geworden vor Angst!«

»Ja, kennen Sie mich denn nicht mehr?«

Sie ließ das Kopftuch mit einer Handbewegung nach hinten rutschen und nahm die Sonnenbrille ab. Zum Vorschein kam strähniges dunkles Haar, das mit wenig Sorgfalt im Nacken zusammengebunden worden war.

Und ein durch brutale Gewalt malträtiertes Gesicht.

»Mrs Boyle? Um Gottes willen!«, entfuhr es Michael unwillkürlich.

»Was ist denn mit Ihnen geschehen?«

Er starrte die Frau unverhohlen an.

Beide Augen waren fast vollständig zugeschwollen und von Hämatomen umgeben. Unter dem linken Jochbein und über der rechten Augenbraue klebten jeweils drei Klammerpflaster, die offenbar Platzwunden zusammenhielten.

»Lassen Sie mich raten, wer das war!«

Michael war dermaßen entsetzt über diesen Anblick, dass er beinahe vergaß, wen er gerade in seinen Armen hielt.

Der Taxifahrer war nun ebenfalls ausgestiegen. Mit in die Seiten gestützten Händen kam er um den Wagen herum und sah Michael auffordernd an.

»Ich unterbreche Sie ja nur höchst ungern, aber ich würde jetzt wirklich endlich gerne erfahren, von wem ich den Fahrpreis erstattet bekomme und ...«

Als sich Mildred Boyle zu ihm umdrehte, verstummte er sofort.

»Mr Tomlinson, es ist mir wirklich sehr unangenehm, aber ich muss Sie leider bitten, dass Sie das Fahrgeld übernehmen. Ich bin ohne einen Penny losgefahren, habe nur das Allernötigste einpacken können und ...«

»Ja, natürlich«, sagte Michael.

Er verlagerte Frank, der noch immer schlief, auf die andere Schulter und holte mit der rechten Hand sein Portemonnaie aus der Gesäßtasche.

»Was bekommen Sie?«, fragte er den Fahrer.

»Bis jetzt sind es 168 Pfund, aber wenn die Dame noch zurückgefahren werden möchte ...«

»Kommt nicht infrage!«

Michael blätterte dem Mann 200 Pfund auf die Hand und sagte dazu: »Dafür bringen Sie bitte noch das Gepäck der Dame die Treppe hinauf.«

Kurz darauf sah man den gerade noch mürrischen Taxifahrer, wie er mit freundlicher Miene Franks Schultasche und eine vollgestopfte Reisetasche in Richtung der Freitreppen trug.

»Großer Gott, wo sind Sie denn bloß hergekommen,

dass der Mann eine solche Unsumme verlangt?«

»Aus Southampton.«

»Wie bitte? So weit weg? Da können wir hier ja lange nach unserem Sohn suchen!«

»Das Ganze tut mir so leid, Mr Tomlinson. Ich kann mir vorstellen, wie Sie und Ihre Frau gelitten haben müssen. Aber es war nicht meine Idee, bitte glauben Sie mir das! Ich ...«

Michael unterbrach sie mit einem Kopfschütteln und überlegte kurz.

»Mrs Boyle, ich schlage vor, dass Sie zu Ihrem eigenen Schutz jetzt erst einmal hier bei uns auf Cardington Manor bleiben.«

Mildred Boyle nickte.

»Sehr gerne! Danke, Mr Tomlinson! Ich hatte gehofft, dass Sie das sagen. Ich weiß nämlich im Augenblick keinen Ort, wo ich hinfahren könnte, den mein Mann nicht kennt.«

»Die Polizei wird sich um Ihren Mann kümmern und ihn für lange Zeit wegsperren, das verspreche ich Ihnen.«

»Wenn ich mich bis dahin aber nicht vor ihm verstecke, schlägt er mich tot. Wenn er erst einmal herausfindet, dass wir weg sind, der Junge und ich ...«

Bei dieser Vorstellung weiteten sich ihre zugeschwollenen Augen panisch und sie schlug die Hände vor den Mund.

»Das kann ich mir gut vorstellen, so wie er Sie zugerichtet hat. Ein Verbrecher ist das! O Gott, wie ich diesen Mann verabscheue!«

Das Taxi verließ die Auffahrt und Michael deutete mit dem Kopf hinauf zum Hauseingang.

»Kommen Sie mit, Mrs Boyle! Ich zeige Ihnen, wo Sie vorläufig bleiben können. Hier sind Sie auf jeden Fall in Sicherheit. Kommen Sie erst einmal zur Ruhe! Sie werden der Polizei und uns später sowieso noch eine Menge erklären müssen.«

»Vielen Dank, Mr Tomlinson! Ich stehe in Ihrer Schuld.«

Sie gingen nebeneinander den Weg entlang und auf die linke der beiden Freitreppen zu.

Frank wurde Michael langsam zu schwer auf dem Arm. »Warum schläft der Junge eigentlich die ganze Zeit? Er ist doch in Ordnung, oder?«

Er sah Mrs Boyle besorgt an.

»Keine Sorge! Ich habe ihm vorhin nur ein ganz leichtes Schlafmittel gegeben, damit er auf dem langen Weg hierher nichts sagt, was diesen Taxifahrer oder andere Menschen misstrauisch hätte machen können. Wir hatten so ein verdammtes Glück, dass wir unbehelligt aus diesem Haus herausgekommen sind! Es gab nur ein winziges Zeitfenster für uns. Da konnte ich kein Risiko eingehen, dass irgendetwas unsere Flucht verhindert.«

»Verstehe.«

»Dieses Schlafmittel habe ich Frank übrigens öfter gegeben, damit er schon geschlafen hat, wenn mein Mann zu uns gekommen ist. Er hätte seinen Druck sonst an dem Jungen ausgelassen.«

»Und so waren Sie dann sein Ventil?«

»Ja.«

»Unglaublich.« Michael schüttelte den Kopf.

Als Henderson am oberen Treppenabsatz erschien, verhüllte Mildred Boyle erneut ihr malträtiertes Gesicht und setzte sich die Sonnenbrille auf.

»Ja, so etwas! Master Frank! Unser lieber, kleiner Frank ist wieder da! Gott sei Dank! Was für eine Freude!«

Der alte Herr hatte Freudentränen in den Augen.

Michael nickte und strahlte ihn ebenfalls an.

»Henderson, gut, dass Sie da sind! Mrs Boyle ist ab heute Gast unseres Hauses. Wären Sie bitte so freundlich und begleiten sie ins Appartement?«

»Sehr gerne!« Der Butler deutete eine Verbeugung an.

»Ach, und Henderson, sagen Sie bitte so schnell wie möglich Roberta Bescheid, dass unser Junge wieder da ist! Sie ist drüben im Waisenhaus.«

»Mit dem größten Vergnügen! Ich werde sofort telefonieren.«

»Mrs Boyle, ich übergebe Sie nun in die treuen Hände von Henderson. Er ist die Seele dieses Hauses und wird Ihnen jeden Wunsch erfüllen. Ich muss jetzt sofort hinauf zu meiner Frau. Sie weiß doch noch gar nicht, dass unser Frank wieder da ist.«

Er ließ die beiden im Eingangsbereich stehen und lief, so schnell das Gewicht des Jungen es ihm erlaubte, die große Treppe hinauf in den ersten Stock.

20

Samantha war noch nicht aufgewacht, als Michael mit dem Jungen auf dem Arm ins abgedunkelte Schlafzimmer trat.

Er trug ihn hinüber auf seine Bettseite und legte ihn in die Mitte des großen Ehebettes.

Frank schlief noch immer tief und fest.

Michael küsste ihn auf die Stirn und streichelte ihm die Wange. Mit der anderen Hand tastete er nach Samantha.

»Sammy, Liebes, wach auf und schau, wen ich dir mitgebracht habe!«

Sie war sofort hellwach.

»Frank! Mein lieber, lieber Frank!«, rief sie und umarmte den Jungen herzlich. Dann bedeckte sie sein sommersprossiges Gesicht mit kleinen Küssen.

»Wo hast du bloß gesteckt, mein kleiner Schatz? Wir haben uns solche Sorgen um dich gemacht, die ganze Familie!«

Tränen liefen ihr übers Gesicht, während sie versuchte, das alles zu verstehen. Sie wischte sie mit dem Handrücken ab.

Danach sah sie Michael ungläubig an.

»Träume ich etwa schon wieder?«

»Nein, mein Schatz, du träumst nicht! Er ist wieder da. Mrs Boyle hat ihn gerade mit einem Taxi hergebracht.«

»Mrs Boyle?«

Sie setzte sich aufrecht hin, um diese Neuigkeit erst einmal zu verdauen.

»Habe ich richtig gehört? Ich habe gedacht, das hätte die Polizei bereits ausgeschlossen, dass Frank bei den

Boyles ist. Wie ist denn das jetzt zu verstehen?«

»Die Einzelheiten, wie es zu der Entführung gekommen ist, kenne ich auch noch nicht. Sie hatten Frank irgendwo in Southampton versteckt und sie ist mit ihm quasi geflohen. Ich habe sie jetzt vorübergehend unten ins Appartement einquartiert, damit sie erst einmal zur Ruhe kommt. Ihr Mann hat sie übel zugerichtet und würde sie jetzt wahrscheinlich totschlagen, wenn sie sich nicht vor ihm versteckt hält.«

»Du meine Güte! Was ist denn das für eine Geschichte?«

Sie wandte sich wieder Frank zu und streichelte sein Gesicht.

»Hat er zu dir schon etwas gesagt, wie es für ihn war?«

»Nein. Mrs Boyle musste ihm ein Schlafmittel geben, damit er während der langen Fahrt Ruhe gegeben hat. Er hätte sonst womöglich ihre Flucht gefährdet.«

»Das heißt, er schläft schon seit so vielen Stunden?«

Ihre Stimme wurde fast hysterisch. »Bist du sicher, dass ihm das nicht geschadet hat? Man gibt Kindern doch kein Schlafmittel! Das ist doch schädlich, so etwas!«

Sie tätschelte Franks Wangen nun ziemlich heftig. Es waren eigentlich leichte Ohrfeigen, die sie ihm gab, aber sie bekam es gerade richtig mit der Angst zu tun.

»Aufwachen, Frank! Aufwachen! Hörst du mich? Frank!«

Nach einer ganzen Weile begann Frank, sich zu räkeln und zu strecken. Dann gab er endlich auch Laute von sich, die immer deutlicher wurden.

»Warum haust du mich denn, Mom?«

»Ich haue dich nicht, ich mache dich nur wach, mein Schatz. Du hast so lange geschlafen.«

Samantha umarmte und drückte ihn, bis Frank blinzelnd die Augen öffnete.

Er sah zwischen seinen Eltern hin und her und lächelte

entspannt.

»Bin ich froh, dass ich jetzt wieder wach bin! Ich habe was ganz Verrücktes geträumt, das muss ich euch erzählen! Also: Ich war bei diesen Leuten, die mich adoptieren wollten, und ich durfte nicht nach Hause, weil ich jetzt ihr Kind sein sollte. Die Frau hatte mir ein Hundebaby versprochen, aber da war kein Hund. Das war vielleicht ein blöder Traum!«

Samantha und Michael wechselten irritierte Blicke.

So nett und unproblematisch die kindliche Vorstellung war, dass es sich bei Franks Entführung nur um einen Albtraum gehandelt hatte – spätestens, wenn er Mildred Boyle auf Cardington Manor begegnen sollte, würde er wissen, dass es bittere Realität gewesen war.

»Äh, Frank«, begann Samantha vorsichtig.

»Das war leider kein Traum. Das kommt dir nur so vor, weil du gerade sehr lange geschlafen hast und plötzlich in unserem Bett aufgewacht bist.«

Der Junge sah seine Eltern nachdenklich an und Michael fuhr fort: »Wir haben eine Woche lang nicht gewusst, wo du bist und wer dich mitgenommen hat. Oder mit wem du mitgegangen bist. Wir haben uns große Sorgen um dich gemacht, verstehst du das, mein Sohn?«

»Ja.«

Frank blickte betrübt auf seine Hände, die gerade dabei waren, Muster in den Bettbezug zu falten.

»Aber wir sind so unendlich froh darüber, dass du nun wieder da bist, mein Schatz!«

Samantha nahm ihn fest in ihre Arme und küsste ihn auf die Wange.

»Tut mir leid«, sagte der Junge. »Ich habe doch nicht gewusst, dass ich so lange nicht nach Hause komme. Ich wollte doch nur das arme Hundebaby retten.«

»Was denn für ein armes Hundebaby?«, fragte sie.

»Na, das, das Mr und Mrs Boyle im Sommer für mich

gekauft haben und das jetzt furchtbar traurig ist und nicht mehr fressen will, weil ich nicht gekommen bin. Die Frau hat mir doch ein Foto von ihm gezeigt.«

Franks Eltern sahen sich an und schüttelten entsetzt die Köpfe.

Michael streichelte ihn.

»Und als du dort hingekommen bist, war da gar kein Hundebaby, stimmt's?«

»Genau«, sagte Frank enttäuscht. »Sie hat gesagt, der kleine Hund wäre gerade weggelaufen, aber er würde sicher bald wiederkommen.«

»Und dann wolltest du natürlich warten, bis er wiederkommt.«

»Ja.«

»Und als er dann nicht gekommen ist?«

»Dann wollte ich zu euch nach Hause, es war ja schon dunkel. Aber dann bin ich sehr müde geworden. Und am anderen Morgen war der Hund schon wieder nicht da. Ich wollte dann in die Schule zu meinen Freunden gehen. Aber die Frau hat gesagt, dass sie den kleinen Hund schon vor dem Fenster gesehen hat.«

»Verstehe«, sagte Michael. »Und hast du den Mann auch gesehen?«

»Nur einmal ganz kurz. Er war sehr böse auf die Frau.«

Samantha fuhr ein paarmal durch Franks rotes Haar, als könnte sie ihm damit die trüben Erinnerungen für immer aus dem Gedächtnis löschen.

»Jetzt ist alles vorbei und du bist wieder bei uns. Alles ist wieder gut.«

»Aber der arme kleine Hund! Bestimmt ist er immer noch traurig und ganz allein!«

»Schätzchen, ich glaube, diese Leute haben gar keinen Hund. Die haben das nur gesagt, damit du mit ihnen gehst und bei ihnen bleiben willst.«

»Wirklich? Dann ist diese Frau böse? Und eine Lügnerin?«

»Das glaube ich wiederum nicht«, sagte Michael. »Das hat sie wohl alles nur gesagt, weil sie solche Angst vor ihrem Mann hat. Sonst wäre der auf dich auch noch böse geworden und davor wollte sie dich beschützen.«

»Diese Frau, Mildred Boyle, wohnt seit heute übrigens hier bei uns, unten im Appartement neben der Eingangstür. Also wundere dich nicht, wenn du ihr begegnest. Sie wird dir nichts tun. Sie hat dich vorhin zu uns nach Hause gebracht.«

Frank nickte verständig und überlegte kurz.

»Dann ist ja jetzt alles wieder gut!«

Er setzte sich im Bett auf. »Mann, hab ich jetzt einen Hunger! Und Durst habe ich auch! Wo ist eigentlich Robin? Den habe ich so vermisst!«

Er gab seinen Eltern einen Kuss und stand auf.

»Euch natürlich auch!«

Vom Fußende des Bettes aus lächelte er ihnen zu. Dann ging er zum Sideboard und goss sich aus einer Karaffe Wasser in ein großes Glas, das er mit einem Zug austrank.

»Ich gehe jetzt Robin suchen. Und wo ist eigentlich Colin?«, fragte er, als er schon auf dem Weg in sein Zimmer war.

»Colin ist bei Roberta im Waisenhaus«, rief Michael ihm noch nach.

Samantha und er sahen sich glücklich und erleichtert an.

»Glaubst du noch immer, dass ihm das Schlafmittel geschadet hat, Liebling?« Er nahm sie in die Arme und küsste sie zärtlich auf den Mund.

Sie lachte. »Hörte sich eher nicht so an, finde ich. Er ist wohl schon wieder ganz der Alte.«

»Ja! Er redet wie ein Wasserfall, unser Frank!«

Wieder hatte Michael feuchte Augen bekommen.

»Unser Frank! Das hört sich großartig an, findest du nicht?« Zum wiederholten Mal an diesem Tag wischte er sich die Tränen fort, doch das glückliche Lächeln in seinem Gesicht blieb. »Mein Gott, bin ich froh, dass der Junge wieder bei uns ist!«

»Ja ... Dafür haben wir wirklich Gott zu danken ... Es ist immer wieder so erschreckend, an welch dünnem Faden das eigene Glück hängt. Beziehungsweise das Glück einer ganzen Familie. Stell dir nur mal vor, wie viele Menschen nicht mehr ihres Lebens froh geworden wären, wenn dem Jungen etwas Schlimmes zugestoßen wäre! Nicht auszudenken!«

»Ja, du hast vollkommen recht. Sogar Colins Leben wäre dadurch stark beeinträchtigt. Er würde sich zwar bestimmt nicht mehr an seinen Bruder erinnern. Aber er müsste mit ewig trauernden Eltern zusammenleben und mit einer untröstlichen Großmutter, die sich dauernd Vorwürfe macht. Und irgendwie auch mit einem Phantom, das außer ihm jeder kannte.«

»Das ist schon eine gruselige Vorstellung und ich ...«

Samantha wurde durch ein Klopfen an der Türe unterbrochen.

Michael ging öffnen. Es war Roberta, die tränenüberströmt und strahlend auf dem Korridor stand. Sie hielt Franks Hündchen an der Leine.

»Dann ist es also wirklich wahr?«, fragte sie, als sie Michaels glückliches Gesicht sah.

»Ja, liebe Roberta, du kommst genau im richtigen Moment! Er ist schon wieder sehr gesprächig, unser Frank, und sucht bereits Robin und seinen kleinen Bruder.«

Samantha sprang aus dem Bett und umarmte ihre Freundin innig zur Begrüßung.

»Es tut mir so leid, dass ich dir so schlimme Vorwürfe

gemachte habe, wegen dieser Frau ...«

Sie stockte und drehte sich um, um zu schauen, ob Frank möglicherweise zurückgekommen war und alles mit anhörte.

»Du weißt schon«, flüsterte sie dann.

»Aber das konnte ja schließlich niemand ahnen, dass die gar nichts mit der Entführung zu tun hatte.«

»Ich verstehe dich doch, Liebes! Mir wäre es an deiner Stelle nicht anders ergangen. Ihr müsst mir später alles haarklein erzählen, ja?«

Roberta trocknete sich die Tränen und putzte sich kräftig die Nase. »So, jetzt möchte ich aber endlich meinen Enkel sehen.«

Sie löste den Karabinerhaken an Robins Leine und der kleine Hund flitzte los in Richtung des Kinderzimmers.

»Wie gut, dass ich meinen Suchhund mitgebracht habe! Nichts wie hinterher!«

Sie lachten. Vor Glück und vor Erleichterung.

Kurze Zeit später hörten sie Frank rufen: »Robin! Da bist du ja! Ich habe dich schon überall gesucht!«

Und nach einer kleinen Weile: »Hey, Roberta, schau nur, ich bin wieder da!«

21

Samantha stand angelehnt im Badezimmer, umgeben von aquamarinblauen Art-déco-Fliesen. Sie ließ heißes Wasser aus einem übergroßen Brausekopf auf ihren kraftlosen Körper prasseln und genoss jeden einzelnen Tropfen. Diese letzte Woche hatte sie fast so sehr beansprucht wie eine Geburt, zumindest kam es ihr so vor. Sie hatte das Gefühl, diese Dusche würde sie von all ihren Sorgen und Ängsten befreien, die sie noch vor wenigen Stunden so sehr gequält und gelähmt hatten.

Was für eine Wohltat!

Roberta war mit Frank und Robin hinüber zum Waisenhaus gegangen, um nach Colin zu sehen. Das war die Idee des Jungen gewesen. Es rührte Samantha sehr, dass Frank Sehnsucht nach seinem kleinen Bruder hatte.

Michael ging zum Sideboard und wählte die Telefonnummer von der Polizeidienststelle in Rye.

»Guten Tag, Inspektor O'Shaugnessy hier spricht Michael Tomlinson. Ich habe die große Freude, Ihnen mitzuteilen, dass unser Frank wieder da ist ... Ja ... Ja ... Ja, alles in Ordnung mit ihm«, hörte Samantha ihn erzählen.

Sie kam gerade aus der Dusche und hielt noch das Badelaken um ihren Körper geschlungen.

»Mrs Boyle hat ihn zurückgebracht ... Ja, die von diesem Haushaltswarengeschäft ... genau ... Mit einem Taxi.«

Samantha rubbelte sich mit dem dicken Tuch die Arme trocken.

»Der Mann hat sie brutal geschlagen. Sie hat das ganze Gesicht voller Blutergüsse ... sie wohnt jetzt erst einmal bei uns ... Ja ...Ja ...«

Samantha goss sich ein Glas Wasser ein und trank einen großen Schluck.

»Das Beste wird sein, Sie kommen später mal vorbei, dann können Sie in Ruhe mit ihr sprechen ... Ja mit dem Jungen auch. Bis später! ... Ja, danke, wir freuen uns auch sehr! Ja! Auf Wiederhören, Inspektor!« Michael legte den Hörer auf die Ladestation und atmete tief aus. Auch an ihm war die letzte Woche nicht spurlos vorübergegangen.

»Ich wäre jetzt reif für einen Urlaub. Aber so richtig! Nur du und ich, Tausende von Palmen und das Meer!«

»Ah!«, seufzte sie. »Das wäre jetzt genau das Richtige nach diesem Psychoterror! Schau, ich bin dafür sogar schon ideal angezogen.«

Sie deutete auf ihr schneeweißes Badetuch und lachte.

Michael schlang seine Arme um ihren duftenden, noch etwas feuchten Körper. Mit einem Ruck hob er sie hoch und trug sie auf den Armen hinüber zu ihrem Bett.

»Was für ein Glück! Wir haben eine Insel entdeckt! Mitten im Ozean! Sie scheint völlig unbewohnt zu sein. Du weißt, was das bedeutet?« Er grinste sie breit an und warf das Badetuch mit einer großen Geste auf den Boden.

»Nein. Was denn?« Sie sah ihn aus leuchtenden Augen erwartungsvoll an und grinste ebenfalls.

»Na ja, dass wir hier für die Bevölkerung zuständig sind, und ich finde, wir sollten unverzüglich mit der Produktion beginnen!«

Er gebärdete sich wie ein wilder Eingeborener und sie begann zu kichern. Zeit und Raum verschwanden hinter ihrer aufbrandenden Lust, die sie auf Wogen aus reinem Glück davontrug.

»So! Der Fortbestand unserer Sippe wäre dann wohl gesichert«, sagte Michael nach ihrem Liebesspiel völlig ermattet.

Er hielt Samantha fest in seine Armen und vergrub sein Gesicht in ihrem langen Haar. Wie sie duftete, seine Frau! Samantha lachte und drehte sich zu ihm herum.

»Ich verrate dir jetzt mal ein Geheimnis: Bevor wir uns kennengelernt haben, habe ich mir manchmal wirklich vorgestellt, dass wir beide als Schiffbrüchige auf einer einsamen Insel gestrandet sind und es uns dort gemütlich einrichten und viele Dinge gemeinsam anpflanzen. Und das, obwohl wir uns noch nie begegnet waren. Komisch, dass du jetzt gerade von so etwas anfängst!«

Sie strahlte ihn an und sah in diesem Moment aus wie ein kleines Mädchen, das ein wenig aus seiner Fantasiewelt geplaudert hatte.

»Wirklich? Wie süß! Ja, das ist eine schöne Vorstellung.« Er küsste sie auf die Nasenspitze und danach auf den Mund.

»Dann verrate ich dir jetzt auch ein Geheimnis: Als du mir damals in deinem Häuschen die Landkarte erklären wolltest, habe ich dir gar nicht zuhören können, weil mich dein Duft völlig außer Gefecht gesetzt hatte. Ich wollte nur noch meine Nase in deinen Nacken vergraben und jeden Quadratzentimeter deines Körpers erkunden, so sehr hast du mich fasziniert und ...«

»Was? Ehrlich? Du hast also vom ersten Moment an nichts anderes gewollt, als ...«

»Als dich! Ganz genau! Und so ist es immer noch, mein Leben!« Er küsste sie schon wieder.

Erst zärtlich und dann mit immer mehr Leidenschaft.

»Oh, Liebling«, sagte sie in einer kurzen Atempause.

»Ich fürchte, wenn ich jetzt nicht bald etwas zu essen bekomme, hat unsere Kolonie wenig Chancen auf Fortbestand.«

»Dass du in so einer Situation aber auch so pragmatisch sein kannst!«

Daraufhin lachten sie beide und Samantha sagte: »Ich

bin nicht pragmatisch. Ich bin schlicht und ergreifend hungrig! Das wärst du auch an meiner Stelle, nach einer Nacht wie der letzten. Und dann noch dein Sohn Colin, so alle paar Stunden ...« Sie sah auf ihre Armbanduhr, die auf dem Nachttisch lag.

»Ach du Schreck, es ist ja schon fast Mittag! Steh auf, mein wilder Insulaner! Bitte ruf Henderson an! Ich wünsche mir jetzt einen Brunch in der Orangerie – mit der ganzen Familie! Und er soll auch Mrs Boyle Bescheid sagen. Wir müssen ihr doch schließlich danken, dass sie unseren Frank zurückgebracht hat.«

Sie küsste ihren liebestollen Wilden noch einmal, während sie sich seinen starken Armen entwand. Dann verschwand sie in Richtung des Ankleidezimmers.

Michael machte noch keine Anstalten, das warme Bett zu verlassen. Er umschlang die seidige Bettdecke und lächelte selig.

»Nicht nur unser Frank ist wieder ganz der Alte, meine Sammy ist auch wieder sie selbst. Wir sind es beide«, sagte er leise vor sich hin und war nur noch glücklich.

Samantha klopfte an der Tür zum Appartement.

Nach einem »Ja, bitte?« ging sie hinein.

Mildred Boyle war von dem geblümten Ohrensessel aufgestanden und kam im Gegenlicht etwas zögerlich auf sie zu.

»Guten Tag, Mrs Boyle! Verzeihen Sie mir bitte, falls ich Sie störe! Henderson hat mir erzählt, dass Sie nicht an unserem Familienbrunch teilnehmen werden. Daher bin ich nun zu Ihnen gekommen. Ich möchte Ihnen doch gerne persönlich dafür danken, dass Sie uns unseren Frank zurückgebracht haben.«

Sie trat noch ein paar Schritte näher, um Mildred Boyle die Hand zu reichen. Dann sah sie all die Blessuren im Gesicht der Frau und hielt vor Entsetzen in der

Bewegung inne.

»Großer Gott! Hat sich das schon ein Arzt angesehen?«

Mrs Boyle schüttelte den Kopf.

Samantha konnte die Frau eine kleine Weile lang nur anstarren. Als sie es bemerkte, führte sie die begrüßende Handbewegung zu Ende und sagte: »Bitte verzeihen Sie mir, aber ich bin darüber gerade einfach nur fassungslos, wie Ihr Mann Sie zugerichtet hat.«

Tränen traten in ihre Augen, als die Frau ebenfalls die Hand ausstreckte und den Gruß zaghaft erwiderte.

Dieser Händedruck fühlte sich kraftlos und schwach an, als besäße sie keine Funken Selbstwertgefühl mehr. Dieser Schläger hatte wohl alles aus ihr herausgeprügelt.

Samantha sah, dass Mildred Boyle ein völlig verweintes Gesicht hatte.

»Tut es sehr weh?«

»Die Tränen brennen in den Wunden. Aber seit ich erkannt habe, dass mein Leben total verpfuscht ist, kann ich nicht mehr aufhören zu weinen.«

»Ich lasse unseren Hausarzt heute Nachmittag herbestellen, damit er sich Ihre Wunden einmal ansieht. Frank macht ja gesundheitlich einen sehr guten Eindruck.«

»Ich habe ihn gehütet wie meinen Augapfel, das müssen Sie mir bitte glauben! Wobei das im Moment ein schlechter Vergleich ist.« Der Anflug eines bitteren Lächelns huschte über Mrs Boyles Gesicht.

»Ich habe Ihren Jungen buchstäblich mit meinem Leben verteidigt.« Sie schüttelte schnaubend den Kopf.

»Auch wenn es nicht meine Idee gewesen ist, war ich natürlich auch an der Entführung beteiligt. Also warum sollten Sie mir das glauben?«

Die Frau sah Samantha flehentlich an.

»Für mich zählt im Moment nur, dass Sie ihn uns zurückgebracht haben und dass Frank nicht den Eindruck macht, als habe er einen bleibenden Schaden davongetragen. Alles andere müssen Sie mit der Polizei klären. Wobei ich mir gut vorstellen kann, dass Ihre Verletzungen für Sie sprechen werden. Heute Nachmittag kommt Inspektor O'Shaugnessy und wird Ihnen einige Frage dazu stellen, aber damit haben Sie sicher schon gerechnet.«

»Ja, natürlich. Und vielen Dank, Mrs Tomlinson, dass Sie mich nicht gleich in hohem Bogen wieder hinausgeworfen haben, nach allem, was ich Ihrer Familie angetan habe. Ich weiß nicht, ob ich an Ihrer Stelle ebenfalls die Größe gehabt hätte.«

Samantha nickte und zuckte mit den Achseln.

»Im Moment bin ich dafür wahrscheinlich einfach zu glücklich, Mrs Boyle. Wie ich reagieren werde, wenn ich erst einmal alle Einzelheiten kenne, kann ich jetzt noch nicht sagen. Kommen Sie jetzt erst einmal zur Ruhe! Sind Sie sicher, dass Sie mich nicht zum Brunch begleiten möchten?«

»Vielen Dank für die Einladung! Ich möchte auch bestimmt nicht unhöflich erscheinen, aber mit diesem Gesicht fühle ich mich in Gesellschaft nicht wohl. Ich möchte nicht, dass Frank mich so sieht. Vor dem Jungen und auf der Fahrt hierher habe ich meinen Zustand noch so gut es ging verbergen können, aber hier im Haus mit Sonnenbrille und Kopftuch herumzulaufen, scheint mir doch ziemlich unpassend zu sein.«

»Ich verstehe. Dann bis später irgendwann.«

Samantha wandte sich zum Gehen und drehte sich auf der Schwelle noch einmal um.

»Und läuten Sie nach Henderson, wenn Sie irgendetwas benötigen!«

»Vielen Dank! Das ist zu liebenswürdig von Ihnen, Mrs Tomlinson!«

»Nennen Sie mich doch Samantha!«

»Sehr gerne! Ich bin Mildred.«

22

Nach dem Brunch saßen Samantha und Michael noch eine Weile in der Orangerie zusammen.

Colin saß auf Michaels Schoß und versuchte konzentriert mit seinen kleinen Händen eine Serviette zu ergreifen, die vor ihm auf dem Tisch lag.

Frank hatte sich ein paar Spielzeugautos aus dem Kinderzimmer geholt und ließ einen Feuerwehrwagen mit Blaulicht und lautem Sirenengeheul zwischen den Stuhl- und Tischbeinen zu einem Einsatz fahren.

»Kaum zu glauben, dass wir plötzlich wieder ganz friedlich hier zusammensitzen«, sagte Michael und hinderte seinen jüngsten Sohn im letzten Moment daran, das Geschirr mit einer überraschend ruckartigen Bewegung auf seine Weise abzuräumen.

»Ja. Als wäre nichts gewesen«, sagte Samantha und drückte Colin einen Kuss auf seinen zart beflaumten Kopf. »Was für ein Glück!«

»Lassen Sie uns gefälligst durch! Wir sind zu einem Großbrand gerufen worden!«, hörten sie Frank etwas lauter sagen und lächelten sich vergnügt an.

»Ach ja, und weißt du, was sich noch so glücklich und wie aus heiterem Himmel gefügt hat? Das hatte ich heute Vormittag ganz vergessen, dir zu erzählen.«

»Sag bloß, wir haben nun endlich einen neuen Gestütsleiter!«

»Erraten! Ein äußerst erfahrener Mann, der auf mich einen sehr guten Eindruck gemacht hat. Ich habe ihn direkt eingestellt. Ich hoffe, das ist für dich in Ordnung, weil wir ja eigentlich vereinbart hatten, dass wir uns neues Personal gegenseitig vorstellen. Aber ich dachte, ehe diese Koryphäe es sich wieder anders überlegt, schlage ich zu.«

Samantha lachte. »Das war schon in Ordnung so. Ich wäre heute Morgen ohnehin nicht in der Lage gewesen, was auch immer zu beurteilen oder zu entscheiden. Es wurde jetzt auch langsam Zeit, dass die Stelle endlich wieder neu besetzt wird!«

»Aber ich denke, da haben wir wirklich einen guten Fang gemacht mit diesem Mann. Wie hieß er noch?«

Er kramte in seiner Hosentasche und zog eine verknitterte Visitenkarte heraus. Während er versuchte sie glatt zu ziehen, lachte er.

»Mein Ablagesystem könnte noch ein wenig optimiert werden, denke ich.«

Dann las er den Namen vor.

»Der Mann heißt *Browning*.«

»Browning?«, entfuhr es Samantha unvermittelter und lauter, als es ihr lieb war.

Der Schweiß brach ihr augenblicklich aus allen Poren und ihr Gesicht verlor an Farbe.

»Wieso? Kennst du ihn etwa?«

»Ähm, wahrscheinlich nicht. Aber heißt so nicht auch der zukünftige Verlobte von Hazel?«

Wie hatte sie gehofft, vor Michael diesen Mann nicht erwähnen zu müssen!

»Hm, kann sein, aber diesen Namen wird es wohl öfter geben. Wie ein Heiratskandidat für Hazel sah er auf jeden Fall nicht aus.«

»Warum? Was ist mit ihm?« Sie schluckte.

»Na ja, vom Alter her dürfte er nicht ihre Kragenweite sein.«

»Du meinst, er ist zu jung für sie? Das finde ich übrigens auch.«

Sie biss sich auf die Unterlippe, als sie merkte, dass sie

einen Satz zu viel gesagt hatte.

»Zu jung? Was redest du da? Der Mann könnte locker ihr Vater sein!« Er schüttelte den Kopf.

Nach ein paar Sekunden fragte er: »Und wieso findest du das auch? Kennst du ihn etwa bereits?«

Durch Franks unverhoffte Heimkehr hatte sich für Samantha die Angelegenheit bereits in Wohlgefallen aufgelöst. Und jetzt das!

»Ob ich *wen* kenne? Ich bin jetzt gerade etwas verwirrt. Also Hazels Verlobten habe ich bereits kennengelernt. Sie wollten uns ihren Antrittsbesuch machen, als du wegen dieses Freizeitparks unterwegs warst. Das hatte ich dann wegen der Sache mit Frank völlig vergessen, dir zu erzählen.«

»Ach so! Na, und wie ist er so, der Auserkorene?«

»Na ja, so ein typischer Society-Schönling eben. Er passt jedenfalls gut zu Hazel, wie ich finde. Allerdings ist er wirklich ziemlich jung. Ich glaube, er ist sogar jünger als sie.«

»Und wenn schon! Hauptsache, dieses Biest kommt endlich unter die Haube und lässt unbescholtene Leute in Ruhe!«

Samantha schnaubte und nickte. »Ja, da hast du recht.«

»Aber unser neuer Gestütsleiter könnte dann vielleicht der Vater von Hazels Wunderknaben sein. Dieser Mr Browning hat mir nämlich erzählt, sein Sohn hätte ihm empfohlen, sich hier zu bewerben.«

Er überlegte kurz.

»Und hat er nicht sogar erwähnt, dass er mit Charles bekannt gewesen sei? Oder sogar befreundet? Und dass er schon öfter hier auf Cardington Manor gewesen sei?«, dachte er laut vor sich hin. »Na, ist ja egal. Aber wenn er wirklich ein Freund von Charles war, dann könnte es ja sein, dass du ihn bereits kennst.«

Samantha hatte bei diesen letzten Informationen das

Gefühl, ihr Herz wäre ihr in den Magen gerutscht.

Der Mann, der damals wohl einiges mitbekommen haben dürfte, als Timothy Browning und sie kurz davor gewesen waren, miteinander zu schlafen, arbeitete jetzt also ganz in ihrer Nähe auf Cardington Manor!

Warum kann diese dumme Entgleisung einer einzigen verrückten, unglücklichen Nacht nicht endlich vergessen sein?

So gelassen, wie es ihr möglich war, sagte sie: »Möglicherweise, aber falls diese Freundschaft vor meiner Zeit gewesen ist, wohl kaum«

Sie hoffte, dass Michael das Zittern in ihrer Stimme überhört hatte. Um von diesem Thema abzulenken, nahm sie Colin von Michaels Schoß und schnupperte an seiner Hose.

»Ich glaube, da braucht jemand dringend eine frische Windel. Wir beide gehen jetzt gleich mal nach oben, mein süßer Schatz.«

Der Kleine hatte inzwischen nach ihren Haaren gegriffen und hielt eine dicke Strähne fest in seiner winzigen Faust. Dann zog er daran und wollte sich seine Beute in den sabbernden Mund stecken.

Samantha versuchte sich mit gespielt schmerzverzerrtem Gesicht zu befreien und Michael lachte.

Ein Kloß in ihrem Hals machte es Samantha schwer zu sprechen. Sie konzentrierte sich weiter auf Colin und seine unschuldigen Streiche, während ihre Gedanken bereits wieder um diese unsägliche Nacht von Charles' 40. Geburtstag kreisten.

Was hat Timothys Vater damals tatsächlich mitbekommen?

Vielleicht hat die Geschichte inzwischen schon längst die Runde gemacht!

Wird er diese Indiskretion womöglich auch auf Cardington Manor verbreiten?

Bei dieser Vorstellung wurde ihr schlecht. Es war schon schrecklich genug, in der Gewissheit zu leben, dass dieses nächtliche Erlebnis damals tatsächlich stattgefunden hatte. Aber dass das Ganze sie nun in der Gegenwart wieder einholen sollte, war einfach zu viel.

Immer wieder fragte sie sich, warum sie Michael nicht einfach alles erzählen sollte.

Eigentlich war doch nichts dabei. Die Sache war längst Vergangenheit und die Gelegenheit bot sich geradezu an.

Aber sie schämte sich so sehr. Sie hatte Angst davor, dass Michael sie nach peinlichen Details fragen würde und wie es dann für sie beide sein würde, wenn sie Hazel und ihrem Verlobten irgendwo begegneten.

Und erst recht davor, wie Michael sich fühlen würde, wenn er in diesem Wissen mit Timothys Vater auf Cardington Manor zusammenträfe.

Also schwieg sie.

Sie nahm Colin auf den Arm und stand auf, um nach oben zu gehen.

Die Chance war vertan.

23

Inspektor O'Shaugnessy freute sich aufrichtig. Es war selten genug, dass sich seine Fälle buchstäblich in Wohlgefallen auflösten. Alles, was er jetzt noch zu tun hatte, war, mit Mildred Boyle zu sprechen, und anschließend ihren Mann festzunehmen. Die Fahndung nach ihm hatte er bereits veranlasst.

Die ganze Familie hatte zusammen in der Orangerie Platz genommen, weil die Herbstsonne den Park um diese Tageszeit besonders schön in Szene setzte.

Henderson hatte Tee und Gurkensandwiches serviert. Außerdem noch etwas Shortbread und einige Scones.

Während Samantha dem Inspektor Tee nachschenkte, strich dieser Frank sanft über den Kopf.

»Das ist ein nettes Hündchen, das du da hast! Er sieht beinahe aus wie ein kleiner Fuchs! Was ist denn das für eine Rasse?«

»Das ist ein Nova Scotia Toller. Er heißt *Robin*, so wie *Robin Hood*, und er ist ein Hütehund.«

David O'Shaugnessy hatte Mühe, den hartnäckigen Welpen daran zu hindern, mit den winzigen, spitzen Zähnen die Schnürsenkel seiner tadellosen Budapester anzukauen.

»He, du kleiner Frechdachs!« Er lachte.

Dann sah er Frank plötzlich ernst an.

»Dein Verschwinden hat die Polizei ganz schön auf Trab gehalten, mein Junge! Jeden Stein haben wir auf der Suche nach dir umgedreht. Gott sei Dank bist du nun wieder da! Noch dazu unversehrt.«

»Mrs Boyle sei Dank!«, sagte der Junge und grinste.

»Mein Dad hat mir erzählt, dass sie es gewesen ist, die mich wieder nach Hause gebracht hat.«

»Ja, das stimmt.«

Wie auf ein geheimes Stichwort erschien Mildred Boyle und blieb zögernd im Durchgang zur Orangerie stehen. Sie trug ihre Sonnenbrille, hatte aber auf das Kopftuch verzichtet. Ihr Haar glänzte frisch gewaschen. Offenbar hatte sie auch etwas Make-up aufgelegt. Sie sah bereits deutlich entspannter aus als noch bei ihrer Ankunft am Vormittag.

»Mildred, kommen Sie doch bitte näher!«, sagte Samantha und wies mit einladender Geste auf einen komfortablen Korbsessel, auf dem ein paar Kissen mit verschiedenen Rosenmotiven lagen.

»Der Inspektor hat uns erzählt, dass Sie Ihre Aussage gerne in unserem Beisein machen würden.«

»Ja, das ist richtig«, sagte Mrs Boyle und nahm Platz.

»Es ist mir ein dringendes Anliegen, dass Sie ebenfalls so schnell wie möglich darüber informiert werden, was in der letzten Woche vorgefallen ist.«

Auf diese Worte hin parkte Frank sein Feuerwehrauto unter einem Tisch und setzte sich aufmerksam zuhörend neben seine Mutter.

»Und genau das werden wir beiden Hübschen jetzt auch machen«, sagte Roberta, nahm den Jungen an der Hand, zog ihn von seinem Stuhl hoch und führte ihn in Richtung der Eingangshalle.

Robin lief ihnen sofort schwanzwedelnd hinterher.

»Was werden wir auch machen, Roberta?«, fragte Frank und schaute sich im Gehen verwirrt nach den Erwachsenen um. »Warum gehen wir denn jetzt hinaus, gerade wenn es spannend wird?«

»Wir werden uns nun ebenfalls darüber informieren, was letzte Woche passiert ist! Du läufst jetzt mal schnell nach oben und holst deine Schulsachen. Dann gehen wir hinüber ins Waisenhaus und sehen in Henrys Heften nach, was deine Klasse in den letzten Tagen durchgenommen hat. Du möchtest doch nichts vom Unterricht versäumen, oder?«

Mit der anderen Hand schob sie den Kinderwagen, in dem Colin lag und gerade anfing, ein wenig zu quengeln.

»Siehst du, unser kleiner Schatz hier muss auch mal dringend an die frische Luft! Und dein Robin ebenfalls!«

Samantha und Michael sahen den vieren dankbar hinterher. Das war einer der Momente, in denen sie sich fragten, was sie in Situationen wie dieser nur ohne die liebevolle Aufmerksamkeit und Fürsorge von Roberta machen würden. Wahrscheinlich hätten sie andernfalls eine Kinderfrau damit beauftragen müssen, mit den Kleinen hinauszugehen, aber es wäre nicht das Gleiche gewesen.

David O'Shaugnessy lächelte gerührt über diese Szene. Vor ihm auf dem Tisch stand ein Aufnahmegerät, das er zurechtrückte, bevor er es einschaltete.

»Mrs Boyle, ich würde vorschlagen, Sie erzählen einfach der Reihe nach, wie es zur Entführung von Frank Tomlinson kam. Sollten zwischendurch Unklarheiten auftreten, werde ich Sie kurz unterbrechen und gezielt Fragen stellen. Sind Sie damit einverstanden?«

Mildred Boyle nickte.

Sie räusperte sich und begann: »Also mein Mann und ich sind seit 16 Jahren verheiratet. Unsere Ehe ist noch nie harmonisch gewesen, aber seit diesem Sommer war es geradezu die Hölle mit ihm.«

»Warum? Was ist denn in diesem Sommer passiert?«

»Ich kann keine Kinder bekommen und mein Mann hatte deshalb schon öfter die Idee gehabt, ein Kind zu adoptieren. Also einen Jungen. Nur einen Jungen! Es hat mir immer viel Mühe gemacht, ihn davon abzuhalten ... habe immer gesagt, dass es bestimmt irgendwann mit einem eigenen Sohn klappen würde.«

»Das verstehe ich nicht. Das ist doch eigentlich ein schöner Zug, dass Ihr Mann ein Kind hat adoptieren wollen. Warum haben Sie ihn denn davon abgehalten? Und warum wollte er nur einen Jungen?«

»Ein schöner Zug!« Mildred Boyle lachte verbittert auf und bereute es im selben Moment wieder, weil die Blessuren in ihrem Gesicht bei plötzlichen Veränderungen ihrer Mimik schmerzten.

»Glauben Sie wirklich, dieser Mensch hätte etwa aus Menschenfreundlichkeit oder Nächstenliebe heraus ein Kind adoptieren wollen? Da kennen Sie meinen Mann nicht!«

Sie schüttelte scheinbar amüsiert den Kopf und sagte:

»Der einzige Grund, warum er einen fremden Jungen angenommen hätte, war, weil er darin die Chance gesehen hat, so zu billigem Personal zu kommen. Es sollte auch kein Baby sein, sondern ein älteres Kind, mit dem man schon vernünftig reden kann, dem man Arbeit auftragen kann, verstehen Sie?«

»Ich fasse es nicht!«, sagte Michael dazwischen und wechselte einen entsetzten Blick mit seiner Frau.

Mrs Boyle fuhr fort: »Und dieser bedauernswerte Junge hätte dann eine sehr arbeitsreiche Kindheit erlebt. Ich bin mir nicht einmal sicher, ob er ihn hätte zur Schule gehen lassen.«

»O Gott!«, entfuhr es Samantha.

»Ja, und im Sommer gab es so einen Jungen im passenden Alter in Cardington Home: Frank! Er ist so ein lieber Junge! Ich habe ihn von Anfang an gemocht. Deswegen habe ich zunächst versucht, meinen Mann davon abzubringen, aber er war wie besessen. Er hat mich dann geschlagen und gedroht, wenn ich noch ein einziges Wort dagegen sagen würde, würde ich es bitter bereuen.«

Samantha schlug die Hände vors Gesicht.

»Mein Mann verliert sehr leicht die Beherrschung und

wird handgreiflich, wie Sie sehen können.«

Sie deutete auf ihr Gesicht.

»Auch das wollte ich einem Kind gerne ersparen. Jedem Kind! Da ist es doch wesentlich besser, keine Eltern zu haben und sicher in einem Waisenhaus zu leben!«

Sie trank einen Schluck aus der Teetasse, die Samantha gerade vor sie hingestellt hatte.

»Lieber sollte Bill seine Wut an mir auslassen als an einem unschuldigen, armen Wesen.«

Sie blickte verunsichert zwischen den Anwesenden hin und her. »So etwas hat doch kein Kind verdient! Oder?«

»So etwas hat niemand verdient, Mrs Boyle! Auch Sie nicht! Kein Mensch hat so etwas verdient!«, sagte Michael und hielt kurz inne.

»Wobei – wenn ich so an Ihren Mann denke ...« Dann ballte er eine Faust und schlug damit leicht in die andere, geöffnete Hand.

»Das war zwar sehr edelmütig von Ihnen, Mrs Boyle, aber Sie hätten sich nicht opfern sollen, sondern besser Ihren Mann anzeigen«, sagte der Inspektor. »Aber bitte fahren Sie fort!«

»Anzeigen!«, wiederholte sie schnaubend und lachte erneut ihr verbittertes Lachen, das ihr offenbar schon zur zweiten Natur geworden war.

»Ich fürchte, das ist sehr naiv gedacht von Ihnen. Wenn ich ihn je angezeigt hätte, würde ich hier sicher nicht sitzen, weil Bill mich garantiert schon totgeschlagen hätte.« Sie schüttelte resigniert den Kopf und griff zu ihrer Teetasse.

»Also, ich fasse zusammen, Mrs Boyle: Ihr Mann wollte einen Jungen als billige Arbeitskraft adoptieren und Sie haben das verhindert«, sagte O'Shaugnessy.

»Wie ist er trotzdem auf Frank Tomlinson aufmerksam geworden?«

»Das war am Tag der offenen Tür auf Cardington Manor. Cardington Home hatte kurz davor neu eröffnet. Ein neues Waisenhaus in relativer Nähe! Er hatte es in der Zeitung gelesen und ich habe das Leuchten in seinen Augen gesehen. Wissen Sie, er hatte schon immer Freude daran, Menschen zu schikanieren.«

Samantha war inzwischen kreidebleich geworden und konnte nur noch langsam den Kopf schütteln.

»Tja, dann haben wir dort vorgesprochen. Vielmehr habe ich dort als treibende Kraft auftreten sollen, von wegen unerfüllter Kinderwunsch und so. Mein Mann hatte mich genauestens instruiert, was ich sagen sollte und was nicht. Ansonsten hatte er sich eher ruhig im Hintergrund gehalten. Wir haben Frank kennengelernt und dann noch ein paarmal gesehen. Es war nicht schwer herauszufinden, dass er Hunde mochte. Natürlich haben wir ihm einen versprochen. Und natürlich hatte mein Mann zu keiner Zeit vor, ihm einen zu schenken. Armer Junge!«

Sie räusperte sich kurz und fuhr nach einem Schluck Tee fort: »Dann haben wir Franks Adoption beantragt und relativ schnell die Bewilligung erhalten. Als wir ihn abholen wollten, kam es dann zum Eklat, aber das dürfte Ihnen allen ja bekannt sein.«

»Ja, das ist es«, sagte der Inspektor. »Was ich noch nicht weiß, ist, wie es danach weitergegangen ist?«

»Bill war außer sich. Man könnte sogar sagen, er war richtig besessen. Danach war nichts mehr wie zuvor. Jede freie Minute hat er darüber nachgedacht, wie er es diesen reichen Pinkeln - das waren seine Worte – heimzahlen könnte. Sogar sein Geschäft war ihm plötzlich egal. Es war schon fast unheimlich.«

»Als ich mit ihm gesprochen habe, war er gerade mit dem Ausverkauf beschäftigt. Steht die Entführung denn mit Ihrem Konkurs in einem Zusammenhang?«

»Indirekt ja, aber der Räumungsverkauf war nur fingiert.«

»Ach so?«

»Ja, kaum zu glauben, nicht wahr? Daran habe ich erkannt, dass er verrückt geworden ist. Unser Geschäft ist eigentlich immer gut gelaufen. Wir hatten nur Stammkunden und weit und breit keine Konkurrenz, wissen Sie? Bill hat ganz spontan ein anderes Ladenlokal mit Wohnung in Southampton angemietet, wo uns niemand kennt und wo niemand wegen des Jungen Verdacht schöpfen würde. Dann hat er in Hastings Plakate wegen Geschäftsaufgabe aufgehängt und die Waren ausverkauft.«

»Das ist in der Tat merkwürdig«, sagte O'Shaugnessy. »Und war Frank zu diesem Zeitpunkt schon bei Ihnen?«

»Anfangs noch nicht.«

»Was genau ist Ihre Aufgabe bei der Entführung gewesen, Mrs Boyle?«

Sie atmete tief aus und wagte kaum, den Anwesenden in die Augen zu sehen.

»Bill hat ja gewusst, dass ich den Jungen sehr mag ... Er hat irgendwie mitbekommen, dass Sie Frank selbst adoptiert haben. Ich glaube, er hat es in der Zeitung gelesen. Daraufhin ist er förmlich durchgedreht. Er hat den Jungen dann beobachtet und herausgefunden, in welche Schule er geht. Jeden einzelnen Tag hat er davor gewartet um genau notieren zu können, wann Frank Schulschluss hat und der Bus nach Cardington Manor abfährt. Als er dann alle Informationen zusammengetragen hatte, sollte ich ins Spiel kommen.«

Sie machte eine Pause und starrte ihre Hände an, die sie so fest zusammenpresste, dass sich die Knöchel weiß verfärbten.

»Er hat gesagt, ich sollte den Jungen nach Schulschluss auf dem Schulhof abpassen und ihm ein Foto von irgendeinem süßen Hundebaby zeigen. Ich sollte ihm sagen, der kleine Hund wäre ganz traurig und würde ständig winseln, weil niemand mit ihm spielt. Wenn er, Frank, mitkäme, dürfte er den kleinen Hund mit nach Hause nehmen.«

Samantha war entsetzt, obwohl sie dieses Detail bereits von ihrem Sohn erfahren hatte.

»Und das hat funktioniert?«

Wie oft hatte sie Frank – wie auch allen Kindern im Waisenhaus – eingebläut, dass er mit niemandem je mitgehen dürfte!

»Ja, sofort! Ich war selbst überrascht, wie leicht es ging. Es war ein Appell an seinen Beschützerinstinkt für ein kleines Tier.«

»Das darf nicht wahr sein!«, schnaubte Samantha.

»Bitte schimpfen Sie nicht mit ihm! Er ist ein so guter Junge! Dieser Plan ist einfach nur gemein gewesen.«

»Das stimmt. Beides.«

Samantha schüttelte schon wieder den Kopf. Sie fühlte eine heftige Wut in sich aufsteigen.

Michael goss ihr eine Tasse Tee ein, gab sie ihr und legte beruhigend seinen Arm um ihre Schultern.

»Was haben Sie dann getan, Mrs Boyle?«, fragte Inspektor O'Shaugnessy.

»Der Junge und ich stiegen in den Leihwagen, den mein Mann gemietet hatte, und wir fuhren nach Southampton in die neue Wohnung. Ein Großteil unserer Möbel war bereits dort, sodass wir es bequem hatten. Ich sollte ihm sagen, dass der kleine Hund wohl gerade weggelaufen sei aber bestimmt bald wiederkäme. Und so haben wir gewartet. Natürlich gab es keinen Hund.«

»Natürlich«, sagte Michael tonlos. Dieser perfide eingefädelte Plan machte auch ihn wütend, aber er bemühte sich, es sich nicht anmerken zu lassen, damit Samantha sich nicht zu sehr aufregte.

»Am Abend wollte dann mein Mann nach Geschäftsschluss zu uns kommen. Ich habe genau gewusst, dass es ihn wütend machen würde, wenn Frank dann vielleicht quengeln oder weinen würde, weil er nach Hause zurück wollte. Und so habe ich dem Jungen ein leichtes Schlafmittel gegeben, damit er eben bereits geschlafen hat, als Bill gekommen ist. Aber machen Sie sich bitte keine Sorgen, ich bin ursprünglich gelernte Kinderkrankenschwester, wissen Sie? Ich habe das Mittel sehr sparsam dosiert. Und dann war Bill natürlich wütend, weil der Junge gar nichts mehr gesagt hat.«

Sie blickte kurz in die Runde.

»Wissen Sie, dieser Mann findet immer einen Grund, wütend zu sein. Er hat mich dann geschlagen, aber wenigstens hat er den Jungen in Ruhe gelassen. Und so habe ich es dann jedes Mal gemacht, wenn Bill zu uns nach Southampton gekommen ist, insgesamt noch dreimal. Na ja, das Resultat sehen Sie hier.«

Sie deutete wieder auf ihr malträtiertes Gesicht mit all den Blutergüssen und Platzwunden.

»Danach habe ich eine so furchtbare Panik bekommen. Ich habe plötzlich gewusst, das nächste Mal überlebe ich nicht, und dann schnappt er sich den Jungen. Einzig und allein, um Ihnen eines auszuwischen.«

»O Gott, wie furchtbar!«, sagte Samantha. »Was müssen Sie durchgemacht haben!«

»Jetzt haben Sie es hinter sich«, sagte Michael.

»Hier sind Sie erst einmal in Sicherheit vor diesem Verbrecher!«

»Ja, bleiben Sie, solange Sie wollen!«, ergänzte Samantha noch.

»Wie ging es dann weiter, Mrs Boyle?«, fragte der Inspektor, um bei der Sache zu bleiben. »Konnten Sie dann entfliehen?«

»Ja. Heute bot sich die erste Gelegenheit und die habe ich gleich genutzt.«

Mildreds geschundenes Gesicht wurde kurz von einem stolzen Leuchten erhellt.

»Wissen Sie, vom Wohnzimmer aus hatte man einen guten Blick auf den Platz vor dem neuen Laden. In einer Seitenstraße war ein Taxistand, der bis dahin aber immer leer gewesen ist. Und genau heute Morgen – kurz nachdem Bill wieder nach Hastings gefahren war – stand dort plötzlich ein schwarzes Taxi.«

Sie lächelte erneut, als könnte sie ihr Glück noch immer nicht fassen.

»Ich habe dann in Windeseile Franks Sachen zusammengepackt und auch für mich wenigstens das Nötigste. Danach habe ich den Jungen geweckt und ihm gleich wieder ein Schlafmittel zu trinken gegeben, damit er auf der Fahrt möglichst nichts sagt, was auf die Entführung hätte hinweisen können und uns verraten hätte. Ich wollte ihn doch unbedingt wieder zu Ihnen nach Hause bringen. Nun ... und den Rest kennen Sie ja«, schloss Mildred Boyle und blickte unsicher in die Gesichter der Anwesenden.

»Meine Güte! Was für eine Geschichte!«, sagte Samantha.

»Das war ganz schön mutig von Ihnen, Mrs Boyle«, sagte Michael und nickte anerkennend. »Wir schulden Ihnen unseren aufrichtigen Dank, dass Sie in dieser auch für Sie sehr schwierigen Situation so gut auf unseren Frank achtgegeben haben!«

»Leider war ich ja nicht ganz unbeteiligt an der Sache. Immerhin war ich ja irgendwie die Komplizin meines Mannes.«

»Hatten Sie denn eine Wahl? Das hat sich gerade eben nicht so angehört.«

»Nein, die hatte ich wohl eher nicht.«

»Ich bin sicher, Ihr Mann hätte auch ohne Ihre Mitwirkung eine Möglichkeit gefunden, unseren Frank zu entführen«, sagte Michael und sowohl Samantha als auch der Inspektor pflichteten ihm bei.

»Aber ich möchte mir nicht einmal vorstellen, wie es unserem Jungen dann ergangen wäre, und ob er in diesem Fall auch unversehrt wieder nach Hause gelangt wäre.«

»Dann schließe ich Ihre Vernehmung nun ab«, sagte der Inspektor und schaltete den Aufnahmeapparat wieder aus.

»Verbindlichsten Dank für Ihre Kooperation, Mrs Boyle! Ich kann mich Mr Tomlinson nur anschließen: Das ist in der Tat sehr mutig von Ihnen gewesen. Nicht jeder Mensch hätte in dieser Situation so reagiert wie Sie und so vieles auf sich genommen, um das Leben des Jungen zu schützen.«

Er stand auf und schüttelte ihr die Hand.

Henderson erschien auf der Schwelle zur Halle und klopfte an der Verbindungstür.

»Ja, Henderson, was gibt es denn?«, fragte Samantha.

»Dr. Mortimer wäre nun für Mrs Boyle hier.«

»Danke!«

»Und Mrs Gilchrist lässt Ihnen ausrichten, die Untersuchung von Master Frank hätte bereits im Waisenhaus stattgefunden und keinerlei Befund ergeben.«

»Oh, danke, das beruhigt mich sehr!«, sagte Samantha und atmete befreit aus.

»Wieder eine Sorge weniger«, sagte Michael und sie nickte.

Mildred Boyle erhob sich und blickte erleichtert in die Runde. »Vielen Dank, Ihnen allen!«

Dann folgte sie dem Butler hinaus in die Eingangshalle, an deren Ende der Hausarzt der Familie Tomlinson auf sie wartete.

24

Ein paar Tage später war wieder so etwas wie Alltag auf Cardington Manor eingekehrt.

Frank ging bereits wieder zur Schule. Da William Boyle der Polizei inzwischen ins Netz gegangen war, durfte der Junge sogar wieder in Begleitung seiner Freunde mit dem Bus dorthin fahren. Er hatte seinen Eltern mit großem Indianerehrenwort schwören müssen, mit niemandem mehr mitzugehen. Auch wenn man ihm noch so süße Hunde oder Ähnliches versprechen würde.

Michael war am frühen Morgen wieder zu seinem letzten Projekt, dem Freizeitpark im Norden Londons, aufgebrochen, um die letzten Arbeiten dort zu inspizieren und abzusegnen.

Es war bereits später Vormittag. Colin lag gefüttert und gewindelt wieder in seiner Wiege und schlief friedlich.

Samantha genoss dieses Stück zurückgekehrte Normalität sehr. Nachts oder morgens aufzuwachen und wieder mit Sicherheit zu wissen, dass beide Söhne behütet in ihren Betten lagen, tat ihr einfach unbeschreiblich gut.

Und das war – wie sie inzwischen aus Erfahrung wusste – keinesfalls selbstverständlich.

Was ihr allerdings Sorge bereitete, war die Tatsache, dass es sich höchstwahrscheinlich um Timothy Brownings Vater handelte, der nun auf Cardington Manor arbeitete. Direkt in ihrer Nähe.

Sie kannte diesen Mann nicht, hatte ihn nur nachts im Halbdunkel und unter Alkoholeinfluss wahrgenommen. Auch zu Zeiten ihrer Ehe mit Charles hatte sie ihn nie persönlich kennengelernt. Aber sie konnte sich vage an einen Abend erinnern, als Charles beim Dinner feierlich sein Glas erhoben hatte, um auf den Erwerb eines neuen, äußerst wertvollen Zuchthengstes anzustoßen.

Der Name dieses prächtigen, blauschwarz glänzenden Tiers war *Black Velvet Unicorn* gewesen, das wusste Samantha noch genau. Bis zum heutigen Tag war der Hengst eines der teuersten Pferde auf Cardington Manor.

Falls es sich bei dem neuen Gestütsleiter überhaupt um diesen Mr Browning handelte, musste sie herausfinden, wie diskret der Mann war.

Oder ob er diese pikante Geschichte womöglich schon jedem erzählt hatte, der sie hatte hören wollen.

Damit die zahlreichen Fragezeichen in ihrem Kopf endlich verschwinden konnten, gab es nur eine Möglichkeit: Sie musste sich selbst zu den Pferdeställen begeben, sich den Mann ansehen und gegebenenfalls mit ihm über diesen peinlichen Ausrutscher sprechen.

Mithilfe eines Clips befestigte sie das tragbare Babyfon an ihrem Gürtel und verließ den Wohnbereich.

Unten in der Eingangshalle traf sie auf Henderson.

»Falls mich jemand suchen sollte, ich gehe kurz hinüber zu den Pferdeställen.«

»Sehr wohl, Mrs Tomlinson! Wenn Sie erlauben, Mrs Boyle hat mich gerade angesprochen. Sie würde sich gerne auf Cardington Manor nützlich machen, weil es ihr ein wenig unangenehm ist, auf Ihre Kosten zu wohnen, ohne sich revanchieren zu können.«

»Verstehe ... wo ist sie denn im Moment?«

»Unten in der Küche. Sie geht gerade Rose etwas zur Hand.«

»Sagen Sie ihr bitte, Henderson, dass ich mir etwas für sie überlege.«

Sie wandte sich zum Gehen.

»Jetzt habe ich leider gerade keine Zeit, sonst wird Colin noch wach, bevor ich zurückkomme.«

»Das richte ich gerne aus, Mrs Tomlinson.«

Die Sonne verweigerte an diesem Tag ihr Erscheinen. Der Hochnebel bildete eine dicke, undurchdringliche Schicht wie aus hellgrauer Watte. Die kühle Oktoberluft war feucht und fand blitzschnell ihren Weg in jede kleinste Pore.

Samantha zog den weichen, graublau karierten Schal enger um den Hals und verschloss den Kragen ihrer dunkelblauen Wachsjacke. Ihre eiligen Schritte knirschten gedämpft auf den sandigen Wegen, auf die sie den Blick geheftet hielt.

Ihre Gedanken kreisten bereits um das, was ihr bevorstand. Sie versuchte sich vorzustellen, wie der neue Gestütsleiter wohl aussehen möge und ob er Timothy ähnlich wäre – vorausgesetzt natürlich, dieser Mr Browning wäre tatsächlich Timothys Vater.

Ohne dass sie es bemerkt hatte, befand sie sich plötzlich vor der breiten Toreinfahrt zu den Pferdeställen. Sie hatte keine Ahnung, wo sie anfangen sollte, nach diesem Mr Browning zu suchen. Instinktiv wählte sie den Weg, der direkt in den Pferdestall führte.

Durch eine riesige Tür in Form eines Rundbogens gelangte sie hinein in das geräumige Innere. Sie nahm einen tiefen Atemzug und sog die feuchtwarme Stallluft ein.

Typische Geräusche drangen aus den einzelnen Boxen zu ihr auf den Mittelgang hinaus: Karabinerhaken, die auf Metall schlugen. Hufe auf hartem Untergrund. Pferdeköpfe, die an Metallstangen rieben. Das Schütteln von Mähnen, begleitet mit heftigem Schnauben. Schwere Körper, die mit Wucht gegen die Boxenwand drängten. Dazwischen meinte Samantha, leise Stimmen zu hören.

Als sie den ganzen Stall durchquert hatte, war noch immer kein Mensch zu sehen. Wenigstens hörte sie jetzt aus der letzten Box ein eindringliches Flüstern.

Sie ging leise hin und spähte hinein.

Was sie darin erblickte, berührte sie wie eine romantische Liebesszene: Ein groß gewachsener, schlanker Mann, der mit dem Rücken zu ihr stand, hatte seine Wange an den Hals eines Pferdes geschmiegt, den er mit einem Arm umfasst hielt. Mit der anderen Hand streichelte er den massigen, schwarzen Körper des Rappen und redete liebevoll auf das Tier ein.

Das Gesehene bescherte Samantha einen Kloß im Hals. Sie wagte weder sich zu räuspern noch zu atmen, noch irgendein anderes Geräusch zu erzeugen. Eine ganze Weile stand sie da und beobachtete still diese Einheit von Mensch und Tier.

Als sie in einem aufgesetzten Bilderrahmen an der Boxentür den Namen des Pferdes las, wusste sie, dass sie ihren Gesprächspartner bereits gefunden hatte.

Sie räusperte sich dann doch und flüsterte: »Verzeihung! Mr Browning?«

Der Mann drehte sich überrascht um und sie konnte erkennen, dass er Tränen in den Augen hatte, die er sogleich mit einer schroffen Bewegung seines Unterarms beseitigte.

»Ja bitte? Was kann ich für Sie tun?«

Dann erst erkannte er sie.

»Ach, Sie sind es, Lady Cardington ... äh, ich meine natürlich, Mrs Tomlinson! Ich bitte vielmals um Entschuldigung! Guten Tag, gnädige Frau!«

Er nahm ihre kühle Hand und deutete einen Handkuss an.

»Guten Tag!«, erwiderte sie.

Sie schätzte Mr Browning auf etwa 60 Jahre. Sein Haar war wohl einst so dunkel gewesen wie das von Timothy, allerdings gleichmäßig von vielen silbrigen Fäden durchzogen. Überhaupt sah er seinem gut aussehenden Sohn äußerst ähnlich: die gleiche Statur, die gleichen Gesichtszüge, die gleiche Art, mit Leidenschaft aus glühend dunklen Augen zu schauen.

Samantha konnte sich in Sekundenbruchteilen lebhaft vorstellen, dass wohl auch der Senior im Laufe seines Lebens einige Frauenherzen gebrochen haben dürfte.

»Bitte verzeihen Sie einem alten Mann, Mrs Tomlinson! Aber dieser schöne Bursche hier macht mich einfach manchmal ein wenig sentimental und dann vergesse ich Zeit und Raum.«

»Ich verstehe.«

Sie betrachtete sich *Black Velvet Unicorn* zum ersten Mal bewusst und eingehend. Lange blickte sie dazu in die sensiblen schwarzen Augen mit den langen Wimpern.

Es schien ihr, als würde das edle Pferd die sehnsüchtigen Gefühle seines ehemaligen Eigentümers teilen und erwidern. Das kraftstrotzende Tier, das sich sonst immer nur wild und impulsiv gebärdet hatte, wenn sie zugegen gewesen war, wirkte auf sie an diesem Tag irgendwie verändert. Fast schon weich und sehr zugänglich.

»Er ist wirklich ein bildschöner Kerl, Sie haben vollkommen recht! Fast hat man den Eindruck, er wäre wirklich ein Einhorn und man könnte das Horn an seiner Stirn erkennen, nicht wahr?«

»Dann sehen Sie es also auch? Ich dachte immer, ich wäre der Einzige, der es sieht. Das ist wohl nicht jedem vergönnt, die Energie eines solch edlen Tieres zu spüren.«

Nach diesen Worten lächelte Anthony Browning mit einem entrückten Gesichtsausdruck und sah seinen *Black Velvet Unicorn* aus verklärten Augen an.

Im nächsten Moment erinnerte er sich wohl daran, wo er gerade war und mit wem er gerade sprach. Er rang um Fassung und räusperte sich.

»Was kann ich denn für Sie tun, Mrs Tomlinson? Ihr Gatte war ja so freundlich, mir diese Stelle als Gestütsleiter zu geben, und ich hoffe sehr, dass Sie mit meiner Arbeit zufrieden sein werden!«

Er lächelte sie freundlich an, doch sein Lächeln hatte etwas Künstliches oder Gequältes an sich.

»Sind Sie es denn?«, fragte sie, ohne darüber nachzudenken.

»Was meinen Sie damit? Ich verstehe nicht ...«

»Sind Sie denn zufrieden mit Ihrer Arbeit?«

»Nun ... das kann ich noch gar nicht sagen, ich bin ja erst ganz kurz auf Cardington Manor ... Für mich ist es jedenfalls das größte Glück, wieder jeden Tag mit meinem schwarzen Einhorn hier zu verbringen.«

Wieder tätschelte er das Pferd sehr liebevoll.

Es entstand eine kleine Pause.

»Mr Browning ...«, begann Samantha vorsichtig und rang um die richtigen Worte.

»Erinnern Sie sich noch daran, wie wir uns kennengelernt haben?« Sie wagte kaum, ihrem Gegenüber dabei in die Augen zu sehen.

»Wir sollen uns bereits einmal kennengelernt haben? Sind Sie sicher?« Er überlegte angestrengt, wann das gewesen sein könnte.

»Daran würde ich mich auf jeden Fall erinnern! Ich fürchte, Sie täuschen sich«, sagte Anthony Browning entschieden und schüttelte den Kopf.

Samantha sah ihn nun aus großen Augen völlig irritiert und ganz direkt an. »Wie bitte? Haben wir nicht?«

Ist der Mann bereits dement?

Mit 60 Jahren?

Ist so etwas möglich?

»Ich wüsste nicht, wann das gewesen sein sollte. Ich kann mich an keine einzige Gelegenheit erinnern.«

»Können Sie nicht ...«, wiederholte sie tonlos.

»Wissen Sie, gnädige Frau", erlöste er sie mit einem Augenzwinkern, "Kavaliere der alten Schule, so wie ich einer bin, haben einfach ein sehr schlechtes Gedächtnis.«

Dann lächelte er sie freundlich an.

Eine überbordende Woge von Sympathie für diesen warmherzigen und galanten Menschen überflutete Samantha. Sie war so sehr erleichtert darüber, dass sie ihr Geheimnis nun in sicheren Händen wusste.

»Ja, mit Gedächtnissen ist das manchmal wirklich so eine Sache«, sagte sie und zwinkerte ihm zu.

»Ich zum Beispiel habe keinerlei Erinnerung mehr daran, wie sich dieses fremde schwarze Pferd in unseren Stall verirrt hat. Es muss seinem Besitzer vor langer Zeit weggelaufen sein.«

Nun war es Anthony Browning, der Samantha irritiert ansah, als hätte diese hübsche junge Frau vollkommen den Verstand verloren.

»Äh ...Wie meinen Sie ...? Aber nein, es ...«

»Es wurde auch wirklich langsam Zeit, dass Sie gekommen sind!«

»Aber ich ...«

»Mr Browning, finden Sie nicht, dass wir Ihren Hengst hier schon lange genug durchgefüttert haben? Jetzt nehmen Sie ihn doch endlich wieder mit zu sich nach Hause!«

Sie reichte ihm noch die Hand zum Abschied und sah ihm dabei fest in die Augen, wie um einen Vertrag zu besiegeln. Dann wandte sie sich zum Gehen.

»Also morgen früh möchte ich diesen schwarzen Vielfraß hier nicht mehr sehen! Seine Papiere bekommen Sie mit der Post. Und Ihre Kündigung auch. Ich werde alles Nötige veranlassen. Leben Sie wohl, Mr Browning!«

Als sie den Ausgang des Stalls erreicht hatte, spürte sie so viel sprachlose Liebe und Dankbarkeit in ihrem Rücken, dass es ihr von hinten richtig warm wurde.

Aus einiger Entfernung war das Schluchzen eines Mannes zu hören.

25

Michael goss sich Single Malt Whisky in einen schweren Kristallbecher ein, in dem einige Eiswürfel schwammen. Er nahm einen großen Schluck daraus und setzte sich in einen der bequemen, mit Leder bezogenen Clubsessel.

Diese Nachricht musste er erst einmal verdauen.

»Du hast was? Habe ich mich da etwa gerade verhört?«

»Nein, du hast ganz richtig gehört, mein Schatz. Ich habe *Black Velvet Unicorn* verschenkt.«

Sie trank einen winzigen Schluck Rotwein aus einem bauchigen Glas. »Aber nicht an irgendwen, sondern an Anthony Browning.«

»Der Hengst ist ein Vermögen wert! Und das verschenkst du an einen Mann, den du gar nicht kennst? Muss ich das verstehen?«

»Ja, komisch, nicht wahr? Ich weiß, das muss vollkommen verrückt klingen – was es wahrscheinlich auch ist –, aber es fühlte sich in dem Moment so wunderbar an.« Sie lächelte glücklich, während sie sich die Begegnung mit Anthony Browning in ihr Gedächtnis rief.

»Es war das einzig Richtige und wir sind doch dadurch nicht spürbar ärmer geworden.«

»Sammy, du weißt, ich freue mich wirklich sehr darüber, dass du so ein großzügiger und warmherziger Mensch bist. Diese Eigenschaften machen einen großen Teil von dir aus. Sie gehören zu deiner Person ebenso wie dein hinreißendes Lächeln. Aber das scheint mir nun doch ein wenig übertrieben zu sein, findest du nicht auch?«

»Ja, weißt du, das war eine einmalige Gelegenheit, um zwei Lebewesen glücklich zu machen.«

Sie stellte das Weinglas neben sich auf einem Tischchen ab. »Vielleicht hättest du das an meiner Stelle sogar auch gemacht.«

Michael schüttelte entgeistert lächelnd den Kopf.

»Ich möchte mich ja wirklich nicht einmischen, Liebes – Cardington Manor ist ja eigentlich dein Ressort – ich verstehe das Ganze einfach nicht, würde es aber gerne. Und dann hast du auch noch diesen überaus fähigen Mann entlassen: den besten Pferdekenner, der sich im letzten halben Jahr bei uns beworben hat! Ach, was sage ich! Wahrscheinlich von ganz England! Da können wir jetzt auch wieder ganz von vorne anfangen. Aber so einen kriegen wir bestimmt nie wieder.«

»Ja, das ist wirklich ausgesprochen schade, mein Schatz! Ich verstehe dich ja, aber ...« Sie hielt mitten im Satz inne und zuckte mit den Achseln.

»Aber was?«

Jetzt musste sie mit der Sprache herausrücken, und das möglichst, ohne diese vermaledeite Nacht im Park zu erwähnen.

»Ich bin heute Vormittag zu den Ställen gegangen, um mir unseren neuen Gestütsleiter anzusehen – du weißt ja, dass ich immer gerne wissen möchte, wer auf Cardington Manor arbeitet.«

Michael nickte zur Bestätigung und sie trank noch einen Schluck Wein.

»Als ich dann dort angekommen bin, war erst niemand zu sehen. In der letzten Box ist dann Mr Browning gestanden. Er hatte seine Arme um *Black Velvet Unicorn* geschlungen und ganz leise mit ihm gesprochen.«

»Und was hat der Hengst geantwortet?«

Michael lachte. »Verzeih mir bitte, Liebling! Ich glaube, der Whisky bringt mich gerade auf solche Gedanken.«

Samantha schüttelte den Kopf.

»Ach Michael, das hättest du sehen sollen! Das war echte Zuneigung, und zwar gegenseitig! Das habe ich ganz deutlich gespürt!«

»Ach, und jemand der eines unserer Pferde liebt, bekommt es gleich geschenkt? Da kann ich nur für dich hoffen, dass das nicht die Runde macht!«

Michael amüsierte sich über seinen eigenen Witz.

»Aber nein! Das ist doch Quatsch, Michael!«

Sie musste nun ebenfalls lachen, wurde jedoch wieder ernst, als sie fortfuhr: »Selbst der Hengst schien total verändert zu sein. Du weißt doch, dass der sonst immer ein bisschen bockig und schwierig ist. *Der ist wie eine Primadonna*, hat Charles immer gesagt. Und dann habe ich mich daran erinnert, wie dieses Pferd damals zu uns gekommen ist. Charles hat immer nur von einem äußerst gelungenen Geschäft gesprochen, aber keine Einzelheiten erwähnt – ganz entgegen seiner sonstigen Art. Er hat es doch immer sehr geliebt, mit seinen brillanten Schachzügen anzugeben. Bei diesem Geschäft hat er jedoch hartnäckig geschwiegen und ich habe mir schon gedacht, dass das wohl keine ganz saubere Sache gewesen sein kann.«

»Und? Hattest du recht behalten?«

»Sozusagen. Ich habe erfahren – allerdings erst einige Jahre später –, dass Charles Anthony Browning ganz übel über den Tisch gezogen haben musste. Ich kenne die Einzelheiten bis heute nicht, aber er hatte ihn wohl bei einem Geschäft auf ziemlich hinterhältige Weise in die Enge getrieben und dann auflaufen lassen.

Mr Browning hat dann *Black Velvet Unicorn* an Charles verkaufen müssen, um nicht auch noch seinen gesamten Besitz zu verlieren. Das ist sein bester Zuchthengst gewesen. Ohne dieses Pferd ist dann aber alles den Bach runtergegangen, wie man so sagt, und Browning hat sein Vermögen nie wieder aufbauen können.«

»Meine Güte! Das ist ja wirklich eine üble Geschichte!« Michael trank einen weiteren Schluck Whisky. Die Sache begann, ihm auf den Magen zu schlagen.

»Ja, und dabei habe ich noch nicht einmal alles erzählt. Stell dir vor, mit dieser Aktion hat Charles ihn auch noch überall der Lächerlichkeit preisgegeben – sozusagen öffentlich gedemütigt. Und das, obwohl sie doch befreundet gewesen sind! Irgendwann hat wohl dann auch seine Frau den gesellschaftlichen Druck nicht mehr ausgehalten und ihren Mann verlassen.«

»Puh ... auch noch privater Bankrott ... alles andere wäre vielleicht zu verkraften, aber das ... hm ... Ich fange langsam an, die Sache in einem anderen Licht zu sehen.«

»Siehst Du? Ich konnte irgendwie gar nicht anders in diesem Moment. Ich hatte urplötzlich das Bedürfnis, dieses alte Unrecht wieder gutzumachen. Und danach habe ich mich einfach nur großartig gefühlt.«

Samantha lächelte zufrieden in sich hinein und überlegte kurz, bevor sie fortfuhr.

»Und dieses Gefühl hinterher zeigt mir jedes Mal, ob ich richtig gehandelt habe oder nicht. Natürlich konnte ich ihm nicht all diese verlorenen Jahre zurückgeben und auch nicht seinen Ruf wiederherstellen. Und ob er die Liebe seiner Frau jemals zurückbekommen wird, weiß ich auch nicht. Aber auf jeden Fall habe ich mit diesem Geschenk einen Anfang gemacht, dass es bei diesem besonderen Menschen wieder aufwärtsgehen kann.«

Und auch in diesem Augenblick fühlte sie sich gut.

Den Teil der Wahrheit, der Michael unnötig verletzt und sie selbst kompromittiert hätte, hatte sie zwar verschwiegen. Aber alles andere hatte sie genau so erzählt, wie es sich zugetragen hatte. Es fühlte sich nun sogar beinahe so an, als hätte sie mit dieser großzügigen Geste die Nacht mit Timothy Browning ungeschehen gemacht, weil der Grund dafür nun nicht mehr existierte.

»Du findest diesen Anthony Browning also besonders? Wirklich? Warum?«

»Ja«, sagte sie und hielt wieder einen Moment lang inne.

»Wer so viel Liebe in sich trägt wie dieser Mann, und damit ein störrisches Pferd auch noch nach so vielen Jahren des Getrenntseins verzaubern kann, der ist für mich ein ganz besonderer Mensch.«

Sie sah zu Michael hinüber, der sie voller Ehrfurcht anstarrte. »Du wirst jetzt bestimmt gleich wieder irgendeinen Witz reißen oder dich über meine Worte totlachen, aber Tiere spüren so etwas übrigens auch«, ergänzte sie noch.

»Nein, mein Schatz, ich lache jetzt nicht mehr.«

Er stand auf, trat vor Samanthas Sessel und zog sie zu sich in die Höhe. Dann küsste er sie so liebevoll und innig, wie er es nur vermochte.

»Du bist ein so unglaublich wunderbarer Mensch, Samantha Tomlinson, und ich habe sehr große Achtung vor deiner Güte und Herzenswärme.«

Er schloss sie fest in seine Arme, wie jemand, der das Kostbarste festhält, das er sich in seinem ganzen Leben je vorstellen kann.

26

Roberta stand im Badezimmer vor dem Vergrößerungsspiegel. Sie war hübsch frisiert und hatte ein leichtes Make-up aufgelegt. Ihre Wangen schimmerten rosig. Das lag aber weniger an der Schminke, sondern mehr an der Hektik, die seit ein paar Minuten Besitz von ihr ergriffen hatte.

Mit ungeübten Händen versuchte sie, ihre neuen Ohrringe zu befestigen, doch es wollte ihr einfach nicht gelingen. Der kleine goldene Stift, an dessen Ende eine schimmernde Perle befestigt war, glitt nicht in das dafür vorgesehene Loch hinein, sondern landete immer daneben.

Die alte Dame war verzweifelt.

Ihre Ohrläppchen waren bereits gerötet und die frisch gestochenen Löcher darin schmerzten, als wären sie entzündet.

Außerdem war sie inzwischen schweißgebadet: wegen dieses Unterfangens, das zu scheitern drohte, und wegen der bevorstehenden Verabredung, auf die sie sich seit Wochen gefreut hatte. Das malvenfarbene Strickkleid, das sie am Vortag zusammen mit Samantha in Rye gekauft hatte, begann nun auch noch auf der Haut zu jucken.

Tränen traten in ihre Augen. So hatte sie sich ihr erstes Rendezvous mit Richard Henderson nicht vorgestellt.

Enttäuscht legte sie die Ohrstecker in die hübsche Porzellanschale mit dem Rosenmotiv, die auf dem Sims unterhalb des Spiegels stand.

Plötzlich klopfte es an der halb geöffneten Badezimmertür und Samantha streckte ihren Kopf herein.

»Hallo? Ist zufällig jemand zu Hause?«, rief sie vergnügt.

Ihr strahlendes Lächeln erstarb, als sie ihre Freundin so aufgelöst vorfand.

»Oje, meine Liebe, was ist denn mit dir los? Ist etwas geschehen?«

»Ach, diese blöden Ohrringe! Mein ganzes Leben habe ich davon geträumt, mir welche zu kaufen, und jetzt das!«

Roberta fing an zu schluchzen und deutete auf die Schale am Spiegel.

»O nein! Um Gottes willen, jetzt nicht weinen, Roberta, sonst verläuft noch die ganze Pracht! Du hast dich doch schon so hübsch gemacht und siehst so bezaubernd aus!«

Samantha zupfte ein Taschentuch aus einem Spender und reichte es ihr.

»Ich verspreche dir, wir kriegen das wieder hin! Jetzt tupf dir erst einmal die Tränen weg und putz dir die Nase! Aber ganz vorsichtig! Nicht reiben!«

Roberta folgte gehorsam und Samantha nahm eine Tube mit Wundsalbe aus einer Schublade.

»Damit beruhigen wir jetzt deine Ohrläppchen und bevor du gehst sitzen die verflixten Dinger dort, wo sie sollen, du wirst sehen!«

Sie schenkte der alten Dame erneut ihr strahlendes Lächeln.

»Mein Gott, Roberta, dieses Kleid steht dir wirklich so gut! Das haben wir beide doch wunderbar ausgesucht, findest du nicht?«

»Ja, aussehen tut es ganz gut, aber mir ist jetzt schon so schrecklich heiß, dass ich gar nicht weiß, wie ich es den Rest des Tages darin aushalten soll.«

»Hier drin ist es aber auch wirklich sehr warm! Komm doch mal lieber heraus aus dem Bad und entspann dich ein bisschen! Du hast doch noch mehr als eine Viertelstunde Zeit, bis du abgeholt wirst. Bis dahin wird alles perfekt sein, du wirst sehen!«

Sie legte einen Arm um Roberta und führte sie hinaus ins Wohnzimmer, wo sie auf dem gemütlichen Sofa Platz nahmen.

Dann entnahm sie etwas von der Salbe und verteilte es auf den geschundenen Ohrläppchen.

»So! In ein paar Minuten versuchen wir es einfach noch einmal mit dem Geschmeide. Bis dahin haben sich deine Ohren sicher erholt.«

»Ach, wenn ich dich nicht hätte!«

Samantha lachte. »Das denke ich über dich mindestens zehn Mal am Tag!«

Als es zur verabredeten Zeit an Robertas Tür klopfte, drückte Samantha ihrer Freundin einen dicken Kuss auf und flüsterte: »Du siehst toll aus, meine Liebe! Habt einen wundervollen Nachmittag zusammen, ihr beiden wunderbaren Menschen! Ich gönne es euch von Herzen!«

»Danke, Liebes!«, sagte Roberta und strahlte sie glücklich an.

Sie fasste noch einmal kurz an ihre tadellos geschmückten Ohren und schwebte zur Tür.

»Liebste Roberta, darf ich bitten?«, war das Letzte, das Samantha hörte, bevor sich die Tür zum Korridor wieder schloss.

Samantha hatte plötzlich so heftiges Herzklopfen, als würde es sich um ihr eigenes Rendezvous handeln.

Vorsichtig und ohne den Vorhang zu bewegen, stellte sie sich ans Fenster und spähte hinaus.

Unten, direkt vor den Freitreppen, wartete bereits die silberne Limousine.

Nach einer kleinen Weile ging die Haustüre auf. Henderson erschien mit einer eleganten Dame an seinem Arm.

Für einen winzigen Augenblick musste Samantha daran denken, wie sie Roberta damals im St.-Mary-Waisenhaus in Lamberhurst kennengelernt hatte: in hellblauer Schwesterntracht und mit einem praktischen Haarknoten. Und ohne auch nur den leisesten Gedanken an Make-up oder Schmuck.

Samantha freute sich sehr über diese Veränderung, weil Roberta – so kam es ihr vor – nun zum ersten Mal in ihrem Leben ihre weibliche Seite zeigen und ausleben konnte.

»Besser spät als nie!«, sagte sie leise.

Sie beobachtete weiter, wie der altgediente Butler seiner Herzensdame in den Bentley half und danach selbst einstieg. Der Wagen setzte sich in Bewegung und rollte langsam über die Auffahrt davon, bevor er nach einer Weile im Wäldchen verschwand.

27

Die Hochzeitswiese auf Cardington Manor war nicht mehr wiederzuerkennen. Aus sauber angelegten Beeten ragten unscheinbare Rosenstöcke heraus, aufgereiht wie Zinnsoldaten. Sie sonnten sich in der milden Wärme des Herbstlichtes und sammelten Kraft für die große Aufgabe, die der nächste Sommer für sie bereithielt.

Eine leichte Brise hatte den Nebel davongeweht, als würde sie einen Theatervorhang öffnen, hinter dem die strahlende Herbstsonne ihren Auftritt genoss.

Es war ein geschenkter Nachmittag. Michaels Gesprächstermin mit einem neuen Kunden war ausgefallen und so hatte die junge Familie Gelegenheit, diese Stunden gemeinsam zu verbringen. Sobald Frank seine Hausaufgaben erledigt hatte, machten sie sich zusammen auf den Weg durch den Park von Cardington Manor.

Sie spazierten am Kinderheim und am künftigen Rosengarten vorbei.

Danach besuchten sie kurz die Pferdeställe.

Samantha schob Colin, der die ganze Zeit über in seinem Kinderwagen schlief.

Frank veranstaltete kleine Wettrennen mit dem Hündchen und warf ihm Stöckchen zu, die er auf dem Weg fand.

Irgendwann begann er aufzuzählen, was ihm vom letzten gemeinsamen Spaziergang mit seinem Vater über die Bäume in Erinnerung geblieben war.

Nach einer Weile sagte der Junge: »Daran habe ich

immerzu denken müssen, als ich bei Mrs Boyle gewesen bin.«

»An unseren letzten Spaziergang?«, fragte Michael.

»Ja.« Er kickte einen Stein in die Böschung und Robin flitzte auch diesmal hinterher.

»Als du beschlossen hast, ebenfalls Landschaftsarchitekt zu werden?«

Michael lächelte und streichelte ihm über den roten Haarschopf.

»Ja ... Ich habe mich dann gefragt, ob wir jemals wieder so einen Spaziergang zusammen machen werden, oder ob das der letzte gewesen ist.«

Samantha ließ den Kinderwagen mitten auf dem Weg stehen, ging zu Frank hin und nahm ihn in die Arme.

»Ach, mein Schatz! Mein lieber, lieber Frank!«

Dann sah sie, dass der Junge Tränen in den Augen hatte.

»Aber warum weinst du denn jetzt? Jetzt ist doch endlich wieder alles in Ordnung! Du bist bei uns! Dir ist nichts geschehen! Der böse Mann, der uns allen das angetan hat, ist von der Polizei gefangen worden und kommt dafür bestimmt für viele Jahre ins Gefängnis.«

Frank schlang seine Arme um sie und schluchzte.

»Ich hatte solche Angst, dass ich euch nie mehr wiedersehe. ... Euch ... Colin ... Roberta ... Robin ... und meine Freunde ... mein ganzes Zuhause eben ...«, stammelte er mit tränenerstickter Stimme.

Samantha und Michael wechselten verstörte Blicke. Abgesehen von der schrecklich langen Woche, in der Frank verschwunden gewesen war, waren sie zum ersten Mal als Eltern ratlos.

»Davor hatten wir mindestens ebenso viel Angst wie du, mein Schatz«, sagte Samantha und drückte ihm mehrere Küsse auf seinen Kopf. Sie konnte ihm seinen Schmerz so sehr nachfühlen und weinte nun ebenfalls.

»Hey, mein Sohn, wir hätten niemals aufgegeben, hörst du?«, sagte Michael und legte seine Arme ebenfalls um den Jungen.

»Wir hätten niemals damit aufgehört, dich zu suchen ... niemals! Wir hätten jeden einzelnen Stein auf der ganzen Welt umgedreht, bis wir dich gefunden hätten.«

Er fand in seiner Jackentasche ein Taschentuch und wischte damit Franks Tränen ab. Dann gab er es ihm, damit sich der Junge die Nase putzen konnte.

»Hast du verstanden, was wir dir gesagt haben?«

Frank nickte und schluchzte noch ein paarmal.

Kurze Zeit später fragte Michael: »Und? Geht es wieder?«

Der Junge nickte wieder und sie schlenderten weiter, aber niemand von ihnen wagte es, etwas zu sagen.

Nach ein paar Minuten des Schweigens fragte Samantha: »Du hast doch noch etwas auf dem Herzen, oder?«

Frank blieb stehen und sah seine Eltern an. »Ich habe darüber nachgedacht, ob ihr mich vielleicht gar nicht sucht, weil ... weil ich nicht euer richtiges Kind bin ... und weil wir uns ja überhaupt nicht ähnlich sehen ... Und ob das für euch vielleicht gar nicht so schlimm ist ... bestimmt wäre es doch viel schlimmer gewesen, wenn Colin weg gewesen wäre und ...«

»Frank! Mein Schatz!« Samantha ging vor ihm in die Hocke und ordnete sein Haar, als könnte sie ihm auf diese Weise seine wirren Gedanken ordnen.

»Du bist genauso unser Sohn! Genau wie Colin.«

»Aber das ist doch nicht das Gleiche! Er war in deinem Bauch und ich nicht. Ich war schon groß, als wir uns zum ersten Mal gesehen haben und er ist seit seiner Geburt bei euch.«

»Du hast völlig recht, es ist nicht das Gleiche.«

Sie richtete sich wieder auf und nahm ihn bei der

Hand.

Michael übernahm indes den Kinderwagen.

»Ja, Colin ist das Kind, das in meinem Bauch gewesen ist. Er ist unser leibliches Kind. Wir haben ihn uns nicht aussuchen können, aber wir lieben ihn von ganzem Herzen.«

Dann nahm sie sein kleines sommersprossiges Gesicht in beide Hände und sah ihm fest in seine hellblauen Augen.

»Dich dagegen haben wir uns von allen Waisenkindern auf der Welt ausgesucht und wir haben kein anderes haben wollen.«

Sie küsste ihn auf die Stirn.

»Und dich lieben wir ebenso von ganzem Herzen.«

»Also besser hätte ich das jetzt auch nicht erklären können«, sagte Michael und sah dankbar zu Samantha hinüber. »Ob leiblicher Sohn oder Adoptivsohn – keines davon ist besser oder schlechter, nur anders eben.«

Dann ließ er den Kinderwagen plötzlich stehen und schnappte sich Frank von hinten. Er hob ihn hoch und fing an ihn zu kitzeln, bis sich der Junge vor Lachen den Bauch hielt.

»Hast du das jetzt endlich verstanden, mein Sohn?«, rief er.

»Ja!«, schrie Frank.

Er befreite sich aus der Umklammerung und rannte davon. Dann lieferten sich Vater und Sohn eine Art Verfolgungsjagd.

»Hey! Wer hat eigentlich behauptet, dass wir uns nicht ähnlich sehen?«, rief Michael zwischendurch atemlos.

»Wir werden noch heute zum Friseur gehen und ich werde mir das Haar rot färben lassen! Oder hättest du lieber braune Haare?«

Frank blieb stehen und bog sich vor Lachen. Er versuchte, etwas zu sagen, brachte aber kein einziges Wort heraus.

»Du findest also, das ist keine gute Idee? Na gut! Aber wenigstens gleiche Pullover könnten wir uns doch kaufen, was meinst du, mein Sohn?«

Er knuffte den Jungen erneut in die Seite und sie rannten unter lautem Gelächter wieder los.

Samantha sah den beiden nach und war einfach nur glücklich.

Hat Ihnen mein Roman gefallen?

Ich freue mich immer über Empfehlungen und Rückmeldungen:

sybillekolar.com
facebook.com/SybilleKolar.Autorin
@SybilleKolar

Oder hinterlassen Sie eine Rezension bei Amazon!

Herzlichen Dank!

Ihre Sybille Kolar

Kennen Sie schon
Band 1 der CARDINGTON-MANOR-Reihe?
Wie alles begann …

Lady Cardington und ihr Gärtner
ist ebenfalls im Buchhandel erhältlich.
Bei Amazon auch als E-Book.

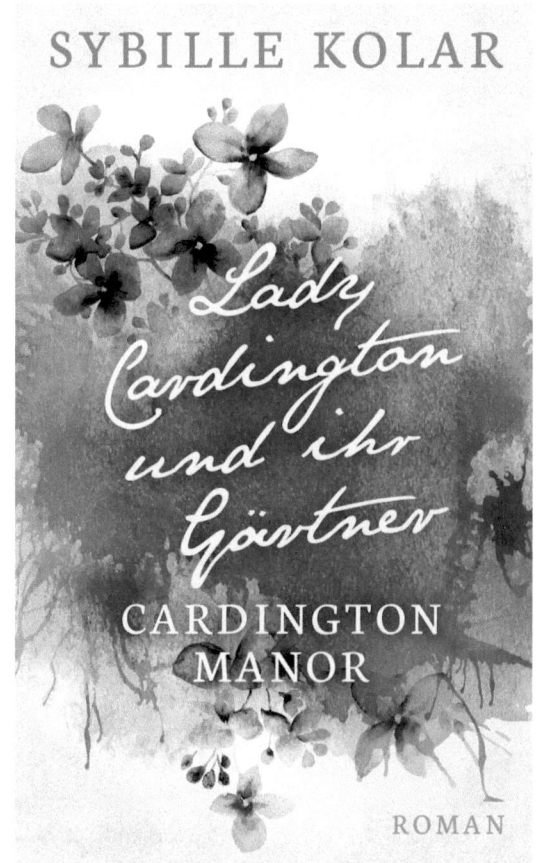

Band 2 der CARDINGTON-MANOR-Reihe:

Schlangen im Paradies

ist ebenfalls im Buchhandel erhältlich.
Bei Amazon auch als E-Book.

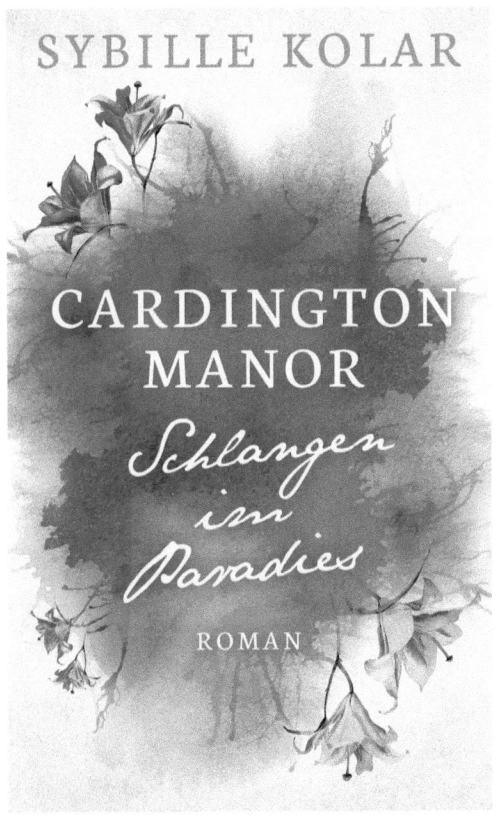

Und der Sammelband der
CARDINGTON-MANOR-Reihe!
Er enthält die Bände 1-3 in ungekürzter Fassung:

Lady Cardington und ihr Gärtner
Schlangen im Paradies
Schatten der Vergangenheit

Ebenfalls im Buchhandel erhältlich.
Bei Amazon auch als E-Book.